IHRE GEFESSELTE BRAUT

BRIDGEWATER MÉNAGE-SERIE - BUCH 4

VANESSA VALE

Copyright © 2015 von Vanessa Vale

ISBN: 978-1-7959-0067-6

Dies ist ein Werk der Fiktion. Namen, Charaktere, Orte und Ereignisse sind Produkte der Fantasie der Autorin und werden fiktiv verwendet. Jegliche Ähnlichkeit mit tatsächlichen Personen, lebendig oder tot, Geschäften, Firmen, Ereignissen oder Orten sind absolut zufällig.

Alle Rechte vorbehalten.

Kein Teil dieses Buches darf in irgendeiner Form oder auf elektronische oder mechanische Art reproduziert werden, einschließlich Informationsspeichern und Datenabfragesystemen, ohne die schriftliche Erlaubnis der Autorin, bis auf den Gebrauch kurzer Zitate für eine Buchbesprechung.

Umschlaggestaltung: Bridger Media

Umschlaggrafik: Period Images; fotolia.com- Outdoorsman

HOLEN SIE SICH IHR KOSTENLOSES BUCH!

TRAGEN SIE SICH IN MEINE E-MAIL LISTE EIN, UM ALS ERSTES VON NEUERSCHEINUNGEN, KOSTENLOSEN BÜCHERN, SONDERPREISEN UND ANDEREN ZUGABEN ZU ERFAHREN. SIE ERHALTEN EIN KOSTENLOSES BUCH FÜR IHRE ANMELDUNG! TRAGEN SIE SICH IN MEINE E-MAIL LISTE EIN, UM ALS ERSTES VON NEUERSCHEINUNGEN, KOSTENLOSEN BÜCHERN, SONDERPREISEN UND ANDEREN ZUGABEN ZU ERFAHREN. SIE ERHALTEN EIN KOSTENLOSES BUCH FÜR IHRE ANMELDUNG!

kostenlosecowboyromantik.com

1

EBECCA

DIE REISE WAR LANG GEWESEN. Würde ich einen Brief an einen geliebten Verwandten aufsetzen, würde ich genau das schreiben. Man beschwerte sich nie oder berichtete von den Unannehmlichkeiten, vor allem nicht, wenn das Schreiben erst Monate später ankommen würde. Aufgrund des Unglücks und der sicheren Verspätung würde ein Brief wahrscheinlich noch vor mir im Montana Territorium ankommen. Seit Chicago war ich allein geritten, ohne Begleitperson. Es wäre am besten gewesen, wenn ich eine gehabt hätte, aber es gab niemanden, den ich kannte, der sich in die Wildnis und unbesiedelte Indianergebiete wagen wollte. Ich wollte dort ebenfalls nicht hinreisen, aber diese Entscheidung stand mir nicht zu. Und so ritt ich auf einem geliehenen Pferd zu der Ranch, um nicht von meinem Ehemann, sondern einem Rancharbeiter begrüßt zu werden. Er hatte mir den Weg zu dem größten der Häuser beschrieben, die sich auf der fast baumlosen Landschaft verteilten.

Als ich dieses Mal mein Pferd langsamer werden ließ, wurde ich nicht nur von einem Mann, sondern von vielen begrüßt. Ich hatte keine Ahnung, welcher zu mir gehörte oder – was akkurater wäre – zu wem *ich* gehörte. Mehrere hatten dunkle Haare, manche blonde, andere waren rothaarig, aber alle waren groß, gut bemuskelt und ausgesprochen gutaussehend. Das waren keine Männer, wie sie sich normalerweise in den Kreisen meines Vaters der Londoner Elite aufhielten. Sie blickten einem direkt in die Augen, hatten eine selbstsichere Haltung und sahen aus, als ob sie das Leben *lebten,* anstatt es nur vom Seitenrand aus zu beobachten. Diese Männer machten ihre Hände schmutzig, statt jemanden zu bezahlen, die Drecksarbeit für sie zu erledigen. Das machte sie in meinen Augen furchterregend und ziemlich einschüchternd, da mir nicht beigebracht worden war, wie man mit einer solchen Dominanz umgeht. Einer dieser Männer war mein Ehemann? Mein Blick wanderte vom einen zum nächsten, aber keiner trat nach vorne, als würde er mich erwarten. Vielleicht war ich doch schneller als ein Brief gereist.

Ein Mann kam die Treppe der Veranda hinab und näherte sich mir. „Guten Nachmittag."

„Guten Nachmittag", erwiderte ich mit einem leichten Neigen meines Kopfes.

Vier Frauen mit neugierigem, aber gewinnendem Lächeln gesellten sich zu den Männern auf der Veranda.

„Willkommen auf Bridgewater. Ich bin Kane", begrüßte mich der Mann.

Ich nickte ein weiteres Mal und umklammerte die Zügel fest, was hoffentlich das einzige äußere Anzeichen meiner Nervosität war. *Das* war der Moment, auf den ich drei

Monate lang gewartet hatte und ich war schrecklich nervös. Ich konnte nicht zurück nach England geschickt werden, da ich rechtlich an einen der Männer aus dieser Gruppe gebunden war. Er würde mich doch sicherlich nicht abweisen und in Schande nach Hause schicken? Konnte er? Ich sollte hier leben in einem Land, das so anders war als mein Heimatland und in diesem Moment konnte ich mich nicht entscheiden, welches Schicksal schlimmer war.

„Mr. Kane, ich bin Rebecca Montgomery. Ich bin hier, um Mr. McPherson zu treffen."

Auf meine Äußerung hin traten zwei Männer nach vorne. Beide waren blond und hatten ein ähnliches Erscheinungsbild, da sie offenkundig verwandt waren, obwohl einer etwas größer, etwas breiter, etwas einschüchternder war und mein Herz höherschlagen ließ. Das war vielleicht der Fall, weil er mich so anstarrte, dass ich den Eindruck gewann, er könnte bis in meine Seele blicken. Sein Blick war so intensiv, dass ich mich fühlte, als würde sein Interesse allein mir gelten. Wenn ein Gewehr feuern würde, bezweifelte ich, dass er auch nur blinzeln würde.

„Welchen McPherson suchst du, Mädel?", wollte der kürzere der zwei Männer wissen. Seine Stimme war tief und klar und klang belustigt. Seine Frage veranlasste mich dazu, meinen Blick von dem anderen abzuwenden.

Ich schluckte, da anscheinend einer dieser zwei mein Ehemann war.

„Mr. Dashiell McPherson."

„Was willst du von ihm?", fragte der Muskulöse. Der Klang seines starken schottischen Akzents verursachte mir Gänsehaut auf den Armen, obwohl mir nicht einmal kalt war.

Ich blickte in seine hellen Augen, ignorierte alle

anderen und leckte über meine Lippen, während ich mein Kinn leicht anhob. „Er ist mein Ehemann."

Die Augenbrauen beider Männer schossen bei meinen Worten in die Höhe, offenkundig überrascht über meine Aussage.

„Und wie habt ihr geheiratet?", fragte Mr. Kane neben mir. Er war ebenfalls neugierig, genauso wie die Frauen, die miteinander flüsterten. Bis auf einen oder zwei überraschte Blicke waren die Männer zurückhaltender in ihren Emotionen. War zuvor eine Frau hierhergekommen und hatte behauptet, sie wäre eine Braut?

„Mein Bruder, Cecil Montgomery, hat sich darum gekümmert."

„Ah ja, Montgomery. Ein sehr guter Offizier", entgegnete der kürzere Mr. McPherson und trat zurück. „Auch wenn du ziemlich reizend bist, habe ich bereits eine Ehefrau." Eine liebreizende Frau mit dunklen Haaren kam die Treppe herunter, um sich neben ihn zu stellen. Sie war eindeutig seine Frau und machte das deutlich. Er schlang einen Arm um ihre Taille und küsste sie auf die Stirn, aber zwinkerte mir zu.

„Damit bleibe ich übrig, Mädel." Ich drehte mich, um den Mann, der mein Herz so schnell schlagen ließ, anzuschauen. „Ich bin Dashiell McPherson." Der verheiratete McPherson war zwar ziemlich attraktiv, aber der, der jetzt vor mir stand, beschleunigte meinen Atem, brachte meine Handflächen in meinen Handschuhen zum Schwitzen und ließ Schmetterlinge in meinem Bauch herumfliegen. Seine Haare waren dunkelblond, an den Seiten kurz geschnitten und oben länger, sodass sie über seine Stirn fielen. Seine stechenden eisblauen Augen hielten meine und ich fühlte mich wie eine Fliege im Spinnennetz. „Vielleicht könntest du das Ganze erklären, denn ich würde mich bestimmt an eine Hochzeitsnacht mit dir erinnern."

DASH

Ich hatte nicht erwartet während des Mittagessens ein verheirateter Mann zu werden. Diese Frau war kein schmächtiges Mädel. Sie saß so aufrecht, als hätte sie an Stelle einer Wirbelsäule einen Zaunpfahl. Ihr Kleid war dunkelgrün, was sich gut von ihrem dunklen Haar abhob und mit ihrer hellen Haut und den üppigen Kurven war sie sehr attraktiv. Nee, sie war wunderschön. Es waren allerdings ihre Augen, die unter dem breiten Rand ihres Hutes hervorblitzten, die die Worte sagten, die sie nicht aussprach. Sie hatte Angst, aber ihr resolut nach oben geneigtes Kinn täuschte darüber hinweg und zeugte von ihrem Mut hierher zu reiten und einen Bräutigam für sich zu beanspruchen. Ihr Akzent war der einer wohlerzogenen englischen Frau von hoher Geburt.

Ihre einzige äußere Reaktion auf meinen groben Kommentar war das leichte Verengen ihrer Augen.

„Wo ist dein Bruder?" Wir mochten den Mann alle, sodass wir ihm geschrieben und ihn eingeladen hatten, hier in Bridgewater zu uns zu stoßen. Er hatte bei den hinterlistigen und tödlichen Aktionen unseres befehlshabenden Offiziers nicht mitgemacht und war in der Lage gewesen, nach England zurückzukehren und sein Leben weiterzuführen, ohne seines Ranges oder Rufes beraubt zu werden. Wir hatten gehofft, dass er sich uns anschließen würde und anscheinend verfolgte er genau diesen Plan. Wir hatten allerdings nicht gewusst, dass er eine Schwester mitbringen würde.

Ihr Kinn neigte sich sogar noch höher. „Er ist tot." Ihre Worte waren deutlich und enthielten keine Spur von Trauer.

Montgomery war tot? Sie war viel jünger als ihr Bruder, vielleicht um fünfzehn Jahre oder sogar noch mehr und war während unserer Zeit in Mohamir nie erwähnt worden. Sie wäre damals noch ein Kind gewesen. Vielleicht stammte sie aus einer zweiten Ehe eines seiner Elternteile und war sicher im Kinderzimmer versteckt gewesen? „Ah Mädel, du bist den ganzen Weg allein gekommen?"

Allein die Vorstellung machte mich nervös.

„Nicht die gesamte Reise", sie schüttelte ihren Kopf, „er starb in Chicago."

„Wie?"

„Er fiel von seinem Pferd. Zuerst war es gar nichts", erklärte sie, „er hat es lachend abgetan, da er niemand war, der sich von einem Pferd verletzen ließ. Einen Tag später bekam er Fieber und fühlte sich unwohl. Die Anzeichen für einen inneren Schaden waren offensichtlich und er wusste von seinem bevorstehenden Ableben."

Sie blickte hinab auf ihre in Handschuhen steckenden Hände, die die Zügel umklammerten und hob dann ihren Blick, um meinem zu begegnen.

„Wir standen uns nicht nahe, aber er verspürte den Drang mich zu beschützen, da er mich aus England mitgenommen hatte. Als er wusste, dass er sterben würde, wollte er mich nicht allein ohne irgendeine Art Sicherheit zurücklassen. Deshalb hat er mich in der kurzen Zeit, die ihm noch verblieb, mit Ihnen verheiratet. Eine Trauung per Stellvertreter."

„Und du hast zugestimmt?"

„Meine…meine Wahl war begrenzt", antwortete sie.

Begrenzt oder nicht vorhanden?

„Hattest du eine Begleitperson für den restlichen Weg deiner Reise?"

Sie sah mich an, als hätte ich gefragt, ob die Sonne im Westen unterginge. „Natürlich hatte ich eine Begleitperson. Mrs. Tisdale – eine Frau aus Chicago – hat mich den größten Teil der Reise begleitet, bis wir die Postkutsche in der Stadt verließen. Sie hätte sich mir auch für den letzten Teil der Reise zur Bridgewater Ranch angeschlossen, aber sie wollte nicht in einer solch kahlen Umgebung bleiben und bestieg bereits heute in der Morgendämmerung die Kutsche in Richtung Osten."

Wenn ich mir die weite Ausdehnung des Landes, das zu Bridgewater gehörte und so weit reichte, wie das Auge schauen konnte, betrachtete, konnte ich sehen, dass die Gründe der Frau stichhaltig waren. Es *war* kahl. Es war einer der Gründe, warum die Stelle von meinen Regimentsfreunden, die das Land als Erste besiedelt hatten, ausgewählt worden war – die Abgeschiedenheit. Das war gut für unsere Gruppe, die versteckt bleiben wollte, aber nicht jeder war dafür gemacht hier zu leben. „Ihr war erzählt worden, dass für fast eine Woche keine weitere Kutsche fahren würde und sie hegte keinerlei Absicht, diese zu verpassen."

Ich konnte verstehen, dass eine Frau förmlich einer Kutsche hinterherrannte, die sie von hier fortbrachte. Stadtleute hielten es nicht lange im Montana Territorium aus. Was Miss Montgomery – nein, anscheinend war sie jetzt Mrs. McPherson – betraf, so würde nur die Zeit zeigen, ob sie in der Lage wäre, in einem solch fremden Land zu leben. Ihre Stimme hatte den präzisen Akzent einer wohlerzogenen englischen Dame. Die Art, wie sie mit gleichmäßiger und schon fast unterwürfiger Stimme sprach, bestätigte die Vermutung. Das Gesellschaftsleben in London unterschied sich so sehr von dem in Montana wie Kreide und Käse.

„Du wolltest nicht mit ihr zurückkehren?"

Sie rümpfte die Nase. „Ich bin nicht so schreckhaft wie Mrs. Tisdale."

Schreckhaft, ja, aber auch sehr mutig.

Nachdem sie in die Falten ihres Rocks gegriffen hatte, zog sie ein gefaltetes Stück Papier heraus und streckte es mir entgegen. „Hier."

Ich trat näher und nahm es aus ihrer kleinen Hand. Sie war so sittsam und formell, dass sie sorgsam darauf achtete, dass ihre Finger die meinen nicht berührten, obwohl sie in Glacéhandschuhen steckten.

Ich entfaltete das Papier und las. Es war tatsächlich eine Heiratsurkunde und sie sah offiziell aus. Ein kleineres gefaltetes Stück Papier lag der Urkunde bei.

Es war nicht meine Absicht wegen eines Sturzes vom Pferd zu sterben! Da ich mich in einem fremden Land befinde und Rebecca allein zurücklasse, fiel mir keine andere Art ein, sie zu beschützen, als dass sie sich euch anschließt. Die Rückkehr nach England ist keine Option und ich bin überzeugt, dass du sie gut und ehrenhaft behandeln wirst. Auch wenn ich mich danach sehne, das weite Montana Territorium, von dem du geschrieben hast, zu sehen, schenkt mir das Wissen, dass du sie mit deinem Leben beschützen wirst, Frieden in meinen letzten Momenten. Meine Schwester, eigensinnig und behütet, braucht eine Ehe, die auf den mohamirschen Traditionen und den Werten, die auf Bridgewater gelebt werden, begründet ist. Ich vertraue darauf, dass du dich darum kümmern wirst.

Dein Freund,
C. Montgomery

ICH WAR VERHEIRATET.

Als ich den Brief wieder faltete, warf ich einen Blick zu ihr. Ihr Gesichtsausdruck war kontrolliert und sehr reserviert und *sehr* englisch. Ich ging davon aus, dass sie nach dem langen Ritt von der Stadt hierher steif wäre. Ich dachte auch, dass sie wegen der vielen neuen Gesichter nervös wäre, aber sie zeigte keine ihrer Emotionen. Es war eine ausgesprochen britische Eigenschaft, vor allem von Frauen, die ihrem Ehemann als Zierde dienen sollten und nicht mehr. Wenn ich sie nach ihrem Wohlbefinden fragen würde, würde sie höchstwahrscheinlich nur einen kurzen Kommentar abgeben, der die Aufmerksamkeit von ihr lenkte. Es war ein Hinweis auf die Erziehung, die sie genossen hatte und absolut *nicht* die Art Frau, die ich mir als Braut ausgesucht hätte.

Sie würde lernen müssen, dass es hier weder erforderlich noch erwünscht war, Emotionen zu verbergen. „Wenn du nicht vorhast, zu fliehen, jetzt da du mich gesehen hast, lass mich dir vom Pferd helfen."

Da sie im Damensitz ritt, nahm sie meine Hand nur lang genug, um ihr Bein über den Sattelknauf zu ziehen, während ich nach vorne trat und ihre Taille umfasste, um sie auf ihre Füße zu stellen. Sie war weich unter meinen Händen, ihre Taille war wegen eines sehr enggeschnürten Korsetts schmal, aber ich konnte ihre breiten Hüften unter meinen Fingern spüren. Sie war zwar nicht schwer, aber auch kein Leichtgewicht. Tatsächlich war sie eine perfekte Handvoll für einen Mann meiner Größe – und Connors.

Ich war sehr groß, größer als der Durchschnitt und als

sie stand, reichte sie nur bis zu meinem Kinn. Sie legte den Kopf in den Nacken, um unter dem Rand ihres Hutes zu mir hochzusehen. Ich spürte, wie sie versuchte, sich meinem Griff zu entziehen, aber ich hielt sie einen Moment länger als nötig fest. In dieser Zeit fragte ich mich, wie sie sich ohne die einschränkenden Streben des Korsetts anfühlen würde – ob sie so wunderbar kurvig und üppig sein würde, wie ich es mir vorstellte.

Kane führte ihr Pferd zu den anderen an einen der Anbindebalken. Wir waren für das Mittagessen aus verschiedenen Bereichen der Ranch zusammengekommen und würden uns nach dem Essen wieder verteilen.

„Da ist ein Fehler auf dem Papier", sagte ich.

Ihre Augen weiteten sich und sie leckte ihre Lippen. „Nein, es gibt keinen Fehler." Ihre Stimme klang ein wenig unsicherer als zuvor.

Ich hielt meine Hand hoch. „Ich bezweifle nicht die Gültigkeit des Dokuments oder die Absichten deines Bruders, die er mir in seinem Brief schildert. Ich werde beides in Ehren halten. Ich werde *dich* in Ehren halten."

Auch wenn ihre Schultern nicht nach vorne sackten, so konnte ich doch ihre Erleichterung spüren. Keine Erleichterung darüber, dass wir verheiratet bleiben würden, aber vielleicht darüber, dass sie nicht abgewiesen wurde. Tausende von Meilen waren ein zu langer Reiseweg, um verschmäht zu werden.

„Der Fehler liegt darin, dass nur mein Name als Bräutigam eingetragen ist. Connor", rief ich.

Während ich meine Augen auf Rebecca gerichtet hielt, hörte ich Schritte auf der Holztreppe, dann auf dem festgetrampelten Boden. Rebeccas Augen huschten von mir zu Connor, der jetzt neben mir stand.

„Darf ich dir die frühere Miss Rebecca Montgomery, unsere Braut, vorstellen?"

„Unsere...*unsere*?" Sie runzelte die Stirn, was das erste Anzeichen für Emotionen war, das sie zeigte. „Ich verstehe nicht."

„Du bist nicht nur mit mir verheiratet." Ich zeigte mit dem Kopf in Connors Richtung. „Du bist auch mit Connor verheiratet."

Ihr Mund klappte auf, sodass ich eine gerade Linie weißer Zähne sehen konnte, während sie zwischen uns zweien hin und her sah. Als Conner zustimmend nickte, sah ich, wie ihr die Farbe aus dem Gesicht wich und sie fiel ohnmächtig direkt in meine Arme.

2

EBECCA

„Sie kommt wieder zu sich." Ich hörte die Worte, aber entschloss mich, sie zu ignorieren. Ich lag auf einem bequemen Bett und wollte nicht aufwachen. Die Betten in den Gästehäusern und Hotels waren klumpig oder hart gewesen, aber dieses Bett war weich und bequem.

„Glaubst du, sie hat oft Ohnmachtsanfälle?"

Es waren Männerstimmen, die ich hörte. Männer? Ohnmacht? Ich wurde nie ohnmächtig. Dachten sie ich wäre ein Schwächling? Wer auch immer sie waren, man musste ihnen erzählen, dass das nicht stimmte. Ich wurde nie krank und nie ohnmächtig, ich täuschte nicht einmal eine falsche Ohnmacht vor, um Aufmerksamkeit auf mich zu lenken, wie es ein paar der faden Mädchen, die ich aus der Schule kannte, machten.

Als sich meine Augen flatternd öffneten, erkannte ich sofort, dass ich mich nicht auf einem Bett befand. Ich war nicht in England oder in irgendeinem abgelegenen Gästehaus und ich war höchstwahrscheinlich ohnmächtig geworden.

Über mir ragten zwei Männer auf, die mich aufmerksam beobachteten. Sie knieten auf dem Boden vor mir, da ich auf einem Sofa lag, aber wegen ihrer enormen Größe sah ich trotzdem zu ihnen hoch. Ich stemmte mich in eine sitzende Position und der Raum drehte sich kurz.

„Nein, mach langsam. Du willst doch nicht nochmal ohnmächtig werden", sagte der Blonde. Es war Dashiell McPherson und er war mein Ehemann. Er war ziemlich attraktiv.

Ich hatte mir seit Chicago Sorgen über die Entscheidung meines Bruders, mich mit ihm zu verheiraten, gemacht. Hatte er mich an einen Mann gebunden, den ich unattraktiv fand? Hatte er mich an jemanden gekettet, der grausam war oder ein Spieler oder Säufer? Über letzteres konnte ich keine Aussage treffen, aber er war definitiv attraktiv. Wie seine Haare, waren auch seine Augen hell. Kleine Fältchen bildeten sich dort, als ob er nicht nur mit seinem Mund, sondern auch mit seinen Augen lächelte. Ein kantiges Gesicht verbarg diesen Hauch Sanftheit. Sein Kiefer war vierschrötig, seine Nase lang, seine Lippen voll. Ich ertappte mich dabei, wie ich auf seinen Mund starrte und erkannte, wie schamlos das war. Ich zog meine Schultern zurück, als ich spürte, wie meine Wangen erröteten.

„Ich werde nicht ohnmächtig", erwiderte ich und faltete meine Hände im Schoß.

Sein Mundwinkel bog sich zu einem Lächeln nach oben. „Nein. Natürlich tust du das nicht."

„Wir haben dich ziemlich schockiert. Es ist kein Wunder, dass du ohnmächtig geworden bist. Wenn ich selbst vor zwei attraktiven Mädels stehen würde, mit denen ich verheiratet wäre, würde ich sicherlich auch sofort in Ohnmacht fallen." Wo der eine hell war, war Connor dunkel. Dunkle Haare, dunkle Augen, gebräunte Haut. Alles an ihm war größer – wenn das überhaupt möglich war – und auch wenn er mehr Raum einnahm, wirkte er entspannter, lockerer als sein Freund. Seine scherzhafte Antwort bestätigte diese Beobachtung.

Offensichtlich versuchte Connor – ich kannte nicht einmal seinen Nachnamen – die Situation aufzulockern, allerdings war das unmöglich zu bewerkstelligen. Sie bestanden darauf, dass ich mit ihnen beiden *verheiratet* war. Das war eine völlig verrückte Vorstellung! „Ich habe Sie sicherlich falsch verstanden. Ich kann nicht mit zwei Männern verheiratet sein."

„Du bist mit mir verheiratet", Mr. McPherson deutete auf seine Brust, „aber hier auf Bridgewater befolgen wir die strengen und ehrenhaften mohamirschen Eheregeln, denen zufolge eine Frau durch eine Verbindung mit mehr als einem Mann beschützt wird."

„Mohamir? Beziehen Sie sich auf das Land in der Nähe von Persien?"

Beide Männer nickten. „Ja. Wir waren dort mit deinem Bruder und unserem Regiment stationiert", antwortete Connor. „Sicherlich hat dir Montgomery auf eurer Reise von unserer gemeinsamen Zeit erzählt."

Das hatte er, aber ich bekam keine Zeit zum Antworten, da eine Frau vom Türrahmen her sprach.

„Oh gut, du bist wach. Connor gib ihr ein bisschen Raum. Du bist zu groß, um dich halb über sie zu beugen, selbst wenn du auf dem Boden kniest."

Er wirkte bekümmert und ein bisschen enttäuscht, aber erhob sich und trat, wie verlangt, zur Seite. Ich musste meinen Kopf in den Nacken legen, um zu seinen Schultern schauen zu können.

„Ich bin Emma und das ist die kleine Ellie. Sie zahnt im Moment, also hast du sie in einer glücklichen Phase erwischt, ansonsten ist sie knatschig und weinerlich." Sie setzte sich, wodurch sie Mr. McPherson zwang, aufzustehen und ebenfalls wegzutreten, wenn er nicht von ihren wirbelnden Röcken erwischt werden wollte. „Ich bin an die Männer und ihre Akzente gewöhnt, aber es ist wundervoll eine Frau zu hören, die einen solch lieblichen Akzent spricht. Deiner klingt mehr wie Kanes als Ians. Daher nehme ich an, dass du Engländerin bist."

Ihre Tochter, die vielleicht sieben oder acht Monate alt war, saß auf ihrem Schoß und kaute zufrieden an einer großen Brotrinde, wobei Sabber über ihr Kinn lief und auf ihr winziges Kleid tropfte.

„Ja", antwortete ich. „Ich komme aus London, aber ging auf eine Schule in Shropshire." Ellie lenkte mich ab. Selbst eine so reservierte Frau wie ich konnte nicht anders, als beim Anblick eines Babys weich zu werden. Sie hatte die dunklen Haare ihrer Mutter und hellblaue Augen.

„Ich bin mit Kane verheiratet–", begann Emma.

„Und mit mir." Ein sehr muskulöser Mann betrat das Zimmer, seine Augen lagen allein auf dem Baby. Er hob sie in seine Arme und rieb seine Nase kurz an ihrer Wange. „Ich bin Ian und du bist hier sehr willkommen. Wir wollten gerade unser Mittagessen einnehmen, als du angekommen bist und ich bin mir sicher, dass du Hunger hast." Er richtete seinen warmen Blick auf seine Frau. „Komm Mädel, erlauben wir ihren Männern, sich um sie zu kümmern."

Ian streckte seine Hand aus und Emma ergriff sie. Er führte sie aus dem Zimmer, während er das glückliche Baby im Arm hielt, aber Emma warf mir einen letzten Blick zu und lächelte.

Ich war nicht daran gewöhnt, dass sich Leute um mich Sorgen machten. Das Internat, auf das ich gegangen war, war kein liebevoller oder fürsorglicher Ort gewesen. Cecil war mir gegenüber freundlich und beschützend gewesen. Allerdings hatte ich mit meinem Bruder nur weniger als einen Monat in London verbracht, bevor wir unsere Schiffsreise in England angetreten hatten. Jetzt war er tot und hatte mich vollkommen allein in der Welt zurückgelassen.

Bei diesem traurigen Gedanken blickte ich hinab auf meinen Schoß. Hatte er mich allein zurückgelassen? Ich hatte jetzt *zwei* Ehemänner. Einer der Männer veränderte seine Position, wodurch er mich aus meinen Gedanken riss und ich bemerkte, dass meine Hände entblößt waren.

„Wo sind meine Handschuhe?", fragte ich und blickte auf meine nach oben gerichteten Handflächen. Erst da bemerkte ich, dass auch der hohe Kragen meines Kleides nicht ganz so einengend war, wie er es sein sollte. Einige Knöpfe waren geöffnet worden. „Mein Kleid!" Ich griff mit der Hand zu meinem Hals, um den mit Spitze eingefassten Kragen zuzuhalten.

„Du musstest atmen Mädel und du brauchst keine Handschuhe. Das Herbstwetter ist zwar kühl, aber nicht so kalt, um Handschuhe in einem Haus erforderlich zu machen", entgegnete Mr. McPherson.

Ich schaute zu der Armlehne des Sofas, wo meine Handschuhe lagen. Ich entspannte mich ein klein wenig bei dem Wissen, dass sie nicht vorhatten, sie mir wegzunehmen.

„Du bist hier in Sicherheit, Mädel."

„Ich kenne Sie nicht, auch wenn Sie mein Ehemann

sind und ich weiß nicht, ob Ihre Worte der Wahrheit entsprechen."

Mr. McPherson erhob sich bei meinen Worten langsam und richtete sich zu seiner vollen Größe auf, um Schulter an Schulter mit Connor zu stehen. „Ja, das stimmt, du kennst mich nicht oder Connor oder irgendjemand anderen auf Bridgewater. Wir sind eine ehrenhafte Gruppe. Connor und ich werden dir immer die Wahrheit erzählen, immer tun, was in deinem besten Interesse liegt, egal ob es dir gefällt oder nicht. Wir sind ehrenhafte Männer und du wirst das nie wieder in Frage stellen."

Ich spürte, wie meine Wangen in Reaktion auf diese Zurechtweisung erröteten. Cecil war auch ehrenhaft gewesen und ich hätte wissen sollen, dass seine Kameraden aus der Armee eine ähnliche Gesinnung hatten. Ich konnte zur Antwort nur leicht mit dem Kopf nicken, da ich ihn gewiss beleidigt hatte.

„Komm, das Mittagessen wird kalt." Mr. McPherson hielt mir seine Hand hin. Die Düfte gebackenen Brotes und gewürzten Fleisches füllten die Luft und ich war tatsächlich hungrig. Schnell schloss ich die Knöpfe an meiner Kehle, bevor ich die angebotene Hand ergriff. Sein Griff war sanft, seine Haut warm, während er mich in das Esszimmer führte, wobei er mich im Blick behielt.

Es gab drei freie Plätze. Offensichtlich hatten die anderen zusätzlich für mich eingedeckt. Es war erstaunlich, wie sie mich einfach – und ohne eine Spur überrascht zu sein – in ihre Mitte integrierten. Tauchten hier öfters Frauen auf, die verkündeten, dass sie mit einem der Männer verheiratet waren? Wenn dies England wäre, würde ich als eine Art Hure betrachtet werden, weil ich im Geheimen geheiratet hatte. Denn übereilte Ehen konnten nur eine Sache bedeuten. Schändliche Taten. Ich wäre ausgeschlossen worden, anstatt ohne Fragen einbezogen zu werden.

Während Teller und Schüsseln herumgereicht wurden, stellte mir Connor die anderen am Tisch vor.

„Also, dann werde ich dir reihum alle am Tisch vorstellen. Rechts neben mir sitzen Andrew, Robert und ihre Frau Ann." Sie begrüßten mich, aber als ein Baby, das zwischen ihnen saß, einen Löffel auf den Boden fallen ließ, verrutschte ihr Aufmerksamkeitsfokus. „In dem Hochstuhl sitzt Christopher. Er ist fast ein Jahr alt."

Die kleine blonde Frau war mit diesen beiden Männern verheiratet? Ein Teller mit Hühnchen erreichte Connor und er bot mir die Serviergabel an, was mich aus meinen Gedanken riss.

Ich bediente mich, während er fortfuhr: „Neben Robert sitzen Cross, Simon, Olivia und Rhys."

Die Frau, Olivia, die mir direkt gegenübersaß, lächelte mir beruhigend zu. „Ich bin die Neueste in dieser ungewöhnlichen Familie, also kann ich mir sehr gut vorstellen, wie du dich gerade fühlst. Ich kam nur von Helena hierher nach Bridgewater, was lange nicht so weit weg ist wie England. *Ich* erfuhr sehr spät eines Nachts, dass ich *drei* Männer heiraten sollte." Ich warf einen Blick auf die Männer an ihrer Seite, die sie alle bewundernd und besitzergreifend ansahen. Es war offensichtlich, dass sie der Vereinbarung nicht abgeneigt war. Tatsächlich wirkten alle vier Frauen am Tisch glücklich und zufrieden.

„Simon ist mein Bruder, falls du das noch nicht erraten hast", fügte Mr. McPherson hinzu.

Connor fuhr mit der Vorstellungsrunde fort: „Neben Rhys sitzen Mason, Laurel und Brody, gefolgt von Kane, Ian und Emma, die du bereits kennengelernt hast."

„Auch wenn das hier Kane und Ians Haus ist, so

nehmen wir trotzdem unsere Mahlzeiten hier ein und wechseln uns mit dem Kochen und Spülen ab", erklärte Mr. McPherson.

Die Teller waren mittlerweile alle beladen und das Gespräch versiegte, während jeder aß. Ich hatte in der Stadt gehört, dass Bridgewater eine gut geführte Ranch war und an der Größe der Männer war zu erkennen, dass sie nicht nur faul herumsaßen. Ich schwieg während der restlichen Mahlzeit, da ich mit meiner einzigen Frage bezüglich seiner Ehre, Mr. McPherson verärgert hatte und ich mich noch immer schämte. Ich wollte nicht, dass die gesamte Gruppe innerhalb der ersten Stunde nach meiner Ankunft wütend auf mich war.

Als das Dessertgeschirr abgeräumt worden war, entschuldigte Mr. McPherson uns. „Ich bin froh, dass das Aufräumen heute anderen obliegt, denn ich glaube, es ist an der Zeit, dass wir uns mit unserer Braut vertraut machen."

Connor nickte zustimmend und ich schluckte meine Angst hinunter und folgte ihnen nach draußen. Ich war noch nie zuvor mit einem Mann, der nicht mit mir verwandt war, allein gewesen. Wenn ich es so recht bedachte, war ich sogar nur mit Cecil allein gewesen und das war auf unserer Reise von England gewesen.

Während ich zu meinem Pferd lief, löste Connor die Zügel von dem Balken und führte das Tier zu mir. Mr. McPherson umfasste meine Taille und hob mich mühelos hoch in den Sattel. Ich war keine kleine Frau, aber er tat, als würde ich nichts wiegen. Seine großen Hände erlaubten sich keine Freiheiten, aber ich spürte die Berührung tief in mir und das war einschüchternd...und seltsam. Ich sollte bei der Berührung eines Mannes nichts empfinden. Es war mir eingebläut worden, entweder mit einer Gerte oder einem Lineal, dass frivoles Verlangen oder sexuelle

Gedanken auf eine unanständige Frau hinwiesen, die von ihrem Ehemann gemieden werden würde. Ich wollte *nicht* ausgegrenzt werden, denn wohin würde ich gehen?

Ich warf Mr. McPherson einen verstohlenen Blick zu. Er ritt auf dem Pferd, als wäre er dazu geboren worden. Die dicken Muskeln seiner Schenkel dehnten seine Hose, sodass sie sich straff darüber spannte. Seine Hände waren groß, seine Finger stumpf. Sein Gesicht lag im Schatten der weiten Hutkrempe und dennoch konnte ich seinen kantigen Kiefer gut sehen. Würde die Haut dort auch bald mit einem Bartschatten überzogen sein wie Connors? Ich blickte als nächstes zu Connor – meinem anderen Ehemann – und konnte mühelos die dunklen Anfänge eines Bartes auf seinen gebräunten Wangen erkennen.

Connor machte sein Pferd bereit und stieg in den Sattel. Ich hatte keine andere Wahl, als mein Pferd anzutreiben und ihnen zu folgen. Sie nahmen mich in ihre Mitte, genauso wie sie es am Esstisch getan hatten. Ich war umzingelt und…beschützt. Es war eine eigenartige Empfindung, sich so zu fühlen, da ich mein gesamtes Leben allein gewesen war.

Eine ganze Anzahl Häuser war in der Prärie verteilt und in unterschiedlichen Entfernungen von einander und den zentralen Gebäuden der Ranch – der Scheune, Ställen und anderen kleinen Gebäuden – gebaut worden. Wir ritten zu einem dieser Häuser.

Es war nicht so groß wie das Heim von Ian, Kane und Emma, aber nichtsdestotrotz war es beeindruckend. Ich hatte mir Grassodenhäuser und Tipis vorgestellt, wie sie in den Groschenromanen, die in London verkauft wurden, beschrieben wurden. Dieses große Heim hatte ein Stockwerk, weiße Wände und Dachschindeln, links und rechts von der Eingangstür, die sich in der Mitte befand, waren symmetrisch Fenster angebracht. Die Dekorationen und Details waren vergleichbar mit den schickeren Häusern in weniger ländlichen Gebieten.

Connor stieg von seinem Pferd und stellte sich neben meines. „Ich habe nicht gefragt. Du hast bestimmt einen Koffer dabei?"

Er hielt seine Hände hoch und mir blieb keine andere Wahl, als ihm zu erlauben, mich auf den Boden zu heben. Sein Griff fühlte sich anders an als der von Mr. McPherson. Seine Hände waren größer, die rauen Schwielen blieben an dem glatten Stoff meines Kleides hängen und dennoch lag eine Ehrfurcht in seiner Berührung, die überraschend war.

„Das habe ich. Als der Besitzer des Gästehauses hörte, dass ich hierhergehen würde, bot er an, ihn für mich aufzubewahren, bis ich ihn abholen könnte."

Beide Männer nickten zustimmend. Mr. McPherson öffnete die Eingangstür und Connor führte mich mit seiner warmen Hand in meinem Kreuz dorthin. Als wir die Tür erreichten hob mich Mr. McPherson in seine Arme und ich schrie überrascht auf, während ich mit einer Hand meinen Hut festhielt, obwohl er mit Nadeln sicher befestigt war. „Was...was machst du denn?", fragte ich.

„Meine Braut über die Türschwelle tragen", antwortete er. Ich sah hoch in sein Gesicht und er lächelte mich an, anscheinend zufrieden mit dieser Aktion. Ich beobachte, wie seine hellen Augen die meinen hielten und dann nach unten zu meinem Mund wanderten. Mein Herz raste und ich atmete schwer, als ob ich *ihn* durch die Tür getragen hätte.

3
———

EBECCA

Bevor ich seine Aktion in Frage stellen konnte, senkte er seinen Kopf und küsste mich. Ich sog schockiert die Luft ein. Ich war noch nie zuvor geküsst worden und seine Lippen waren warm und weich an meinen. Sein Körper bestand an den Stellen, wo er an meinen drückte, aus festen Muskeln, war steinhart und so warm wie die Sünde. Ich hatte kaum Zeit seine Berührung richtig wahrzunehmen, bevor er seinen Kopf wieder hob. „Mr. McPherson – "

„Dash", flüsterte er, seine Augen waren jetzt dunkler und nur auf meine Lippen fokussiert. „Ich bin dein Ehemann und du kannst mich Dash nennen."

Er senkte wieder seinen Kopf und dieses Mal war der Kuss nicht so sanft. Tatsächlich war er fordernd. Sein Mund drückte gegen meinen, dann öffnete er sich, während seine Zunge über meine Unterlippe leckte. Ich keuchte bei der Hitze seiner Berührung auf und er nutzte den Moment, um seine Zunge in meinen Mund zu tauchen. Er schmeckte nach dem Apfelkuchen vom Mittagessen und nach etwas Dunklem und Gefährlichem. Ich reagierte, aber ich war mir nicht sicher, was ich tun sollte, da ich nicht wusste, wie man küsste.

„Jetzt bin ich dran." Ich hörte die Worte durch einen Schleier, der so dick war wie der Nebel in London.

Ich hatte völlig vergessen, dass Connor hinter uns stand, weshalb ich erschrak und meinen Mund zurückzog. Mr. McPh – Dashs Hände spannten sich unter mir an. Connor hatte den Kuss beobachtet und wie sich meine Augen geschlossen hatten und dass ich Dash nicht weggestoßen hatte. Guter Gott.

„Bitte, stell mich auf die Füße", sagte ich, aber entweder hörte er mich nicht oder wollte nicht tun, worum ich ihn bat, denn ich wurde von Dash an Connor weitergereicht. „Ich…ich bin doch kein Paket, das man einfach so herumreichen kann!"

Connors Griff war genauso sicher, aber wie ich es bereits zuvor bemerkt hatte, fühlte er sich anders an. Seine Brust war breiter und sein Duft…er roch anders. Wohingegen Dash dunkel und würzig roch, roch Connor mehr nach der offenen Prärie und Leder. Es war eine eigentümliche Kombination, aber passte zu ihm.

Was *mir* nicht passte, war, dass ich in seinen Armen gehalten wurde. „Das ist nicht richtig", beharrte ich, während ich vergeblich gegen seine Brust drückte. Eine dunkle Augenbraue hob sich, während er zu mir sah.

„Oh? Du meinst, ich habe zu lange damit gewartet, dich zu küssen? Das ist das Einzige, an das ich beim Mittagessen gedacht habe. Wusstest du, dass du nach Vanille riechst?"

Er grinste, dann zog er mich hoch und in einen Kuss, der völlig anders war als Dashs. Connors Mund war fester, beharrlicher und er beließ seine Lippen nicht auf einer Stelle, sondern knabberte – ja, knabberte! – von einem Mundwinkel zum anderen.

„Ich kann dich nicht küssen. Wir...wir sind nicht verheiratet!", widersprach ich schnell. Ich spürte seinen warmen Atem auf meiner Wange, meinem Kiefer. Überall.

Connor hob seinen Kopf und musterte mich verwirrt. „Ja. Das sind wir. Eine Frau, die mit Dash verheiratet ist, ist auch mit mir verheiratet."

Ich schüttelte meinen Kopf. „Nein." Ich drückte gegen seine Brust und versuchte, nach unten zu gelangen, aber er hielt mich sicher unter meinen Knien und an meinem Rücken. Ich würde nirgendwo hingehen, außer *er* ließ es zu. „Die Heiratsurkunde sagt deutlich nur Dashiell McPherson. Ich kann dich nicht küssen, wenn ich mit ihm verheiratet bin."

„Bittest du um meine Erlaubnis, Liebling, um Connor zu küssen?", fragte Dash über Connors Schulter.

Ich schüttelte wieder meinen Kopf. „Ich kann nicht einfach andere Männer *küssen*."

„Wir werden nicht nur küssen", versprach Conner mit tiefer Stimme. Ich sah etwas in seinen Augen, etwas wie Hitze und...Verlangen.

Mein Mund klappte bei seinen Worten auf. „Siehst du? Er denkt, ich bin ein...ein leichtes Mädchen."

„Leichtes Mädchen? Bist du jemals zuvor geküsst worden?"

Ich spürte, wie meine Wangen heiß wurden und das schien für Dash als Antwort zu genügen.

„Das dachte ich mir. Connor weiß, dass du meine Frau bist", erwiderte Dash. „Genauso wie du *seine* Frau bist. So wird es hier auf Bridgewater gehandhabt. Du musst dir keine Sorgen darüber machen, dass dich irgendjemand verurteilen wird. Das ist genau das, was sich dein Bruder für dich gewünscht hat."

„Bitte, stell mich auf die Füße", flehte ich und sah Connor direkt in die Augen. Wie konnte Cecil sich das für mich gewünscht haben? Ich war verletzt, verstört von dem Wissen, dass er auf solche Weise von mir dachte. Hatte er mich vor einer Zweckehe, die mein Vater geplant hatte, gerettet, um mich *zwei* Männern zu geben? Wie er nachts bei den Gedanken an seinen Streich gelacht haben musste. Er hatte es dem Mann heimgezahlt, indem er mich benutzt hatte.

Connor musste meine Enttäuschung herausgehört haben, denn er ging zu einem Stuhl, der neben der Tür stand und setzte sich. Anstatt mich jedoch loszulassen, umfasste er meine Taille und stellte mich zwischen seine Beine.

„Empfindest du meine Berührung als unerträglich?", fragte Connor. Obwohl er so ein großer Mann war, hörte ich eine Spur Unsicherheit in seinen Worten. Wenn sie für lange Zeit, vielleicht sogar jahrelang, geplant hatten, sich eine Braut zu teilen, dann würde meine Abweisung ihre Dynamik verändern. Hatte Cecil sie genauso wie mich benutzt?

„Nein", antwortete ich. Seine Berührung war nicht unerträglich. Tatsächlich war sie ziemlich schön. Aber ich sollte die Berührung von zwei Männern nicht *schön* finden. „Das ist es nicht. Cecil, er...ich wurde getäuscht." Ich erinnerte mich noch gerade rechtzeitig an meine Manieren und daran, keine Emotionen zu zeigen oder schlecht über die Toten zu sprechen. Egal, wie wichtig es war, sich nicht zu beschweren, ich musste meine Meinung äußern. „Ich werde nicht so tief sinken, dass ich Dashs Frau und deine Mätresse bin."

Beide Männer schwiegen und ich drehte meinen Kopf, um zu Dash aufzusehen, dann zurück, um direkt in Connors Augen zu blicken. Er nickte. „Ich verstehe."

Ich seufzte erleichtert.

„Das tust du?", fragte ich.

„Ja, und dem kann leicht abgeholfen werden", antwortete Connor. Ich erwartete, dass er mich von seinem Schoß heben und mich an Dash, meinen Ehemann, weiterreichen würde, aber das tat er nicht.

Ich runzelte meine Stirn. „Kann es das?"

„Ja." Er schob mich ein Stück zurück und stand auf. „Wir gehen in die Stadt."

„Jetzt gleich?", wollte ich wissen.

Ich sah, wie die zwei Männer einen Blick austauschten. Sie hatten die Art Freundschaft, die so eng war, dass sie zur Kommunikation keiner Worte bedurfte.

„Ja", wiederholte Connor.

„Warum? Ich war erst heute Morgen dort."

„Wir werden heiraten." Er ruckte an meiner Hand und zog mich aus der Tür.

CONNOR

ZWEI STUNDEN später standen wir vor den Türen der Kirche in der Stadt. Ich hatte den Ritt schweigend zugebracht und unsere neue Ehefrau beobachtet. Ehefrau! Es war entweder Irrsinn, dass sie beim Mittagessen aufgetaucht war oder Glück. Sie war das liebreizendste – und prüdeste – Mädel, das ich jemals gesehen habe. Sicher Ann und Emma und die anderen waren hübsch, aber sie gehörten nicht mir. Es machte einen Unterschied, wenn die Frau vor dir – von ihren seidig schwarzen Haaren auf dem Kopf bis zu dem hochnäsig nach oben geneigten Kinn bis hin zu der perfekten Breite ihrer Hüften – dir gehörte. Ja, ich würde darauf wetten, dass ihre Wirbelsäule auch ohne das enge Korsett, das sie trug, steif und gerade wäre, aber es würde mir und auch ihr ein Vergnügen sein, die Steifheit aus ihr rauszuvögeln.

Rebecca war weniger als erfreut über mein Vorhaben, sie zu heiraten, aber ihre Erziehung hielt sie offensichtlich davon ab, sich zu beschweren. Sie hatte den Ritt damit zugebracht, mit ihren Zähnen auf ihrer vollen Unterlippe zu knabbern. Sie hatte den Begriff *leichtes Mädchen* verwendet. Sie war das völlige Gegenteil eines leichten Mädchens. Es gab keine lebende Frau, die es so dringend wie sie nötig hatte, geküsst und berührt und gefickt zu werden. Einige schweißtreibende, intensive Orgasmen würden ihr sehr guttun. Unglücklicherweise war sie der Meinung, dass selbst einen Kuss von uns beiden zu mögen, sie zu einer unmoralischen Frau machte. Ihr Bruder hatte sie eindeutig nicht auf uns beide vorbereitet und jetzt mussten wir das geradebiegen. Es begann damit, dass wir vor einem Mann Gottes 'Ich will' sagen würden.

„Ich bin mit Dash *verheiratet*", protestierte sie. „Ich kann *nicht* einen anderen heiraten. Der Pfarrer wird es sicherlich wissen."

„Als du in dem Gästehaus gewohnt hast, hast du da irgendjemandem von deiner Stellvertreterehe erzählt?", fragte ich. Ich hatte eine ziemlich genaue Vorstellung von ihrer Antwort.

„Nein."

„Weil du dir Sorgen gemacht hast, dass ich dich abweisen würde?" Dashs Worte sorgten dafür, dass sie zu ihm sah und ich konnte eine Spur Schmerz in ihren Augen erkennen. Nachdem sie um die halbe Welt gereist, ihr Bruder vor ihren Augen gestorben und sie mit einem Fremden verheiratet worden war, konnten wir ihr keine Vorwürfe für diese Gedanken machen. Wenn sie abgewiesen worden wäre, hätte sie sich umdrehen und die Stadt verlassen könne, ohne dass irgendjemand es wusste. Allerdings bin ich mir sicher, dass sie nicht wusste, was sie in diesem Fall getan hätte. Wir wiesen sie jedoch nicht ab. Verdammt nein. Wir gaben ihr mehr Ehemänner als sie wollte und das war ein Problem, das sie sich nicht einmal in ihren wildesten Träumen ausgemalt hatte.

„Jeder in der Stadt wird dann von deiner Ehe mit *mir* wissen", sagte ich. „Wir", ich deutete zwischen uns dreien hin und her, „werden wissen, dass du legal mit Dash *und* mir verheiratet bist."

Da runzelte sie die Stirn. „Warum...warum tust du das? Selbst wenn ich mit Dash verheiratet bin, gehöre ich dir sowieso als Mätresse, die du nach Belieben benutzen kannst." Ihr Kinn hob sich ein Stück. Ah, ich liebte diese Spur von Trotz in ihr, auch wenn ich sie wegen ihrer Worte gerne übers Knie legen würde.

Ich wandte mich ihr zu und umfasste sanft das nach oben gereckte Kinn, sodass sie gezwungen war, mich anzusehen. „Weil ich dich nicht als meine Mätresse möchte. Dies ist das zweite Mal, dass du unsere Ehre in Frage gestellt hast. Wenn ich mich mit einem Mädel *vergnügen* wollte, würde ich in ein Bordell gehen. Ich will mich aber nicht mit irgendeinem Mädel *vergnügen*, ich will meine Ehefrau *ficken* und das bist du. Für mich ist deine Stellvertreterehe mit Dash genug, um dich zu der Meinen zu machen, aber wenn du vor einem Pfarrer und Gott stehen musst, um zu wissen, dass du auch zu mir gehörst, um mir zu erlauben, dich so zu berühren, wie ich es mir wünsche, dann werden wir das tun."

Sie versuchte, ihren Kopf wegzudrehen, aber ich ließ es nicht zu. Ich wollte nicht, dass sie ihre Emotionen verbarg, dass sie verbarg, was ich so mühelos in ihren Augen lesen konnte.

„Der Pfarrer wird es sicherlich *wissen*", flüsterte sie.

Dash nahm seinen Hut ab, blickte nach links und rechts, als ob uns jemand in der Nähe hören könnte und schüttelte seinen Kopf. „Ich werde es nicht erzählen." Er hob eine Augenbraue. „Hast du vor, ihm zu erzählen, dass du bereits mit einem anderen verheiratet bist?"

Sie öffnete ihren Mund, um zu antworten, aber schloss ihn. Wir hatten sie erwischt. Weder Dash noch ich würden dem Pfarrer die Wahrheit über unsere Ehe erzählen. Er mochte zwar eine Ahnung haben, wie die Ehen auf Bridgewater gehandhabt wurden, aber er sprach nie darüber. Wenn Rebecca dem Pfarrer von unserer Einstellung gegenüber der Ehe erzählen würde, dann würde sie sich an unseren ungewöhnlichen Sitten mitschuldig machen. Sie hatte keine Wahl, außer es für sich zu behalten.

Wir könnten zur Ranch zurückkehren und eine Familie sein, Dash, Rebecca und ich, aber ihre festen Moralvorstellungen erforderten, dass die Verbindung im Eheregister, oder wie auch immer das im Territorium genannt wurde, eingetragen wurde. Wenn sie vor einem Pfarrer stehen musste, damit ich sie genauso wie Dash berühren, ficken und zu der Meinen machen durfte, dann würden wir das eben tun.

„Nein. Ich werde es nicht verraten", erwiderte sie. „Du bist gewillt mich zu heiraten – du weißt nichts über mich –

obwohl ich mit Dash verheiratet bin? Das ist ein ziemlich großer Schritt, nur weil du mich küssen willst."

Ich grinste. „Ich will dich küssen und mehr. Dash und ich haben darauf gewartet, dass unsere Braut auftaucht, obwohl wir nicht erwartet hatten, dass es während dem Mittagessen passiert. Aber wir hatten seit unserer Zeit in Mohamir geplant, eine Braut zu teilen. Ich habe nicht vor, wegzulaufen. Wenn Montgomery dich mit Dash verheiratet hat, dann wusste er, dass er dich damit auch mit mir verheiratet. Er wusste von unseren Sitten, aber konnte nicht unsere beiden Namen auf die Heiratsurkunde setzen lassen. Dies ist, was er wollte."

Rebacke blickte von mir zu Dash und wieder zurück, dann spitzte sie ihre Lippen.

„Was ist los, Mädel?", erkundigte ich mich. „Du musst dich bei uns nicht beherrschen. Sag, was du denkst."

„Er wollte mich beschämen?"

„Beschämen? Dein Bruder hat dich geehrt."

„Ehre?" Ihre Wangen verfärbten sich, als sie einen Teil ihrer Frustration zeigte. Das wurde aber verdammt nochmal Zeit. „Das Wort taucht ständig auf. Ich dachte, er würde mich vor einer arrangierten Ehe mit einem Mann, der dreimal so alt war wie ich, retten, aber stattdessen hat er beschlossen, mich zu demütigen. Er hat mich benutzt, um es meinem Vater heimzuzahlen."

Ich spürte ihre Enttäuschung. Sie war eindeutig verwirrt, verloren und höchstwahrscheinlich überwältigt.

„Dich demütigen? Du hast unsere Sitten nicht verstanden, Mädel", erwiderte Dash. „Dein Bruder wusste, dass unsere Sitten das Beste für dich sind. Er hat dich nicht beschämt, er hat dich beschützt."

„Wie?" Sie wandte sich ab, lief ein paar Schritte und wirbelte herum. „Ich...ich verstehe es nicht."

„In diesen Teilen der Erde kann man schnell zur Witwe werden", begann ich. „Viele Dinge können einem Mann passieren, wie du es beim Unfall deines Bruders erlebt hast. Witwen werden zum Opfer von unwürdigen Verehrern und haben oft keine andere Wahl, als wieder zu heiraten und das nicht aus Liebe oder sogar aus Güte. Wenn eine Frau mehr als einen Ehemann hat, muss sie sich nie Sorgen darum machen, allein in der Welt zurückzubleiben. Die Kinder, die in der Beziehung gezeugt werden, werden beschützt. Du musst weder Hunger noch Einsamkeit fürchten. Du bist in Sicherheit, wirst wertgeschätzt, vergöttert, beschützt und vor allem geehrt."

Sie schien nicht ins Wanken zu geraten, also fuhr ich fort: „Ich mache das für dich, Liebling. Wenn du es brauchst, dass ich die Schwüre vor Gott spreche, damit du weißt, dass ich dir gehöre, dann werde ich das tun."

Ich reichte ihr meinen Arm und geleitete sie zu der Tür der kleinen Kirche. Ich hielt an und blickte ihr ins Gesicht. „Wisse dies, Liebling, wenn ich dich zu der Meinen mache, wirst du alles von mir bekommen, alles, was ich habe, alles, was ich bin und das schließt Küsse...und mehr ein."

4

EBECCA

DER RITT zurück zur Ranch war ganz anders als der Ritt in die Stadt. Wir hatten mein Pferd zu dem Mietstall zurückgebracht und ich saß seitlich auf Connors Schoß. Wenn sich Klatsch und Tratsch im Montana Territorium ähnlich verbreiteten wie in London, würde jeder in der Stadt noch vor Einbruch der Dunkelheit wissen, dass Connor und ich verheiratet waren. Daher würde es eigenartig wirken, wenn ich auf dem Schoß des Zeugen anstatt des Bräutigams säße.

Vor diesem Tag war ich noch nie geküsst worden und ich war auch noch nie zuvor auf dem Schoß eines Mannes gesessen. Es war ziemlich überraschend und extrem unbequem. Connors Schenkel bestanden aus festen Muskeln und waren steinhart, während sie sich den Bewegungen des Pferdes anpassten. Ich wollte mich nicht an ihn lehnen, da er dann denken würde, ich würde seine

Aufmerksamkeit suchen, vor allem nach dem Kuss, den er mir nach unseren Schwüren gegeben hatte. Connor nahm sich die Schwüre vor Gott – und an mich – zu Herzen, denn der Kuss hatte viel mehr einer Eroberung geglichen und war völlig anders gewesen als der kurze Kuss, den er mir im Eingang ihres Hauses gegeben hatte. Ich hatte sogar überrascht aufgekeucht, als er seine Zunge in meinen Mund geschoben hatte. Seine Zunge, genauso wie Dash es getan hatte! Ich hatte gedacht, dass Dash es falsch gemacht hatte, aber offensichtlich wurde das erwartet.

Darüber nachzudenken, veranlasste mich dazu, stocksteif dazusitzen, obwohl seine Arme um mich geschlungen waren und die Zügel festhielten. Es war ermüdend, so angespannt bleiben zu müssen. Wusste er, dass ich angespannt war? Natürlich wusste er das.

Die Frauen, die ich beim Mittagessen kennengelernt hatte, waren so unbekümmert, sorgenfrei und eindeutig glücklich mit ihren Ehemännern, ihren neuen Familien und ihrem Leben. Mit allem. Sie hatten keine Angst davor, ihre Gefühle zu zeigen, zu lächeln...irgendetwas zu tun. Sie machten sich keine Sorgen darüber, was andere von ihnen denken könnten oder ob die Schuldirektorin sie für die kleinste Verfehlung mit einem Lineal oder einer Gerte schlagen würde.

Ich würde nie wie sie sein. Cecil hatte mich zwar vor den Plänen meines Vaters gerettet, aber nicht rechtzeitig. Er war über ein Jahrzehnt zu spät gekommen. Der Schaden war bereits angerichtet worden, die sorglose Kindheit war mir entrissen worden, als ich gerade sechs Jahre alt gewesen war. Mrs. Withers Schule für Mädchen war rücksichtslos gewesen, aber so hatte sich, nach meinem Schulabschluss, auch die Elite Londons verhalten. Ich war dazu ausgebildet worden, meine Abwehrmechanismen aufrecht zu erhalten wie Männer, die in die Schlacht zogen. Aber in meinen zwölf Jahren auf der Schule hatte ich nicht eine Sache darüber gelernt, wie man sich vor zwei Ehemännern schützte.

Ich hatte nie gewusst, dass ein Mann so warm sein oder so gut riechen konnte. Als wir uns von der Stadt entfernt hatten, zog mich Connor an sich, sodass ich an seine harte Brust gedrückt wurde und er küsste mich. Wieder und wieder. Seine Lippen wanderten und knabberten, dann kam seine Zunge heraus, um das leichte Brennen wegzulecken. Er pausierte für ein oder zwei Minuten und legte sein Kinn auf meinen Scheitel, bevor er mein Ohr küsste und dann meinen Hals hinab.

Es war, als ob er nicht aufhören könnte und ich war anscheinend zu schwach, um ihm zu widerstehen. Ich konnte ihn nicht wegdrücken, da ich sonst von seinem Schoß fallen würde, aber überraschenderweise wollte ich es auch gar nicht tun. Wie konnten meine ganze Ausbildung und all die Bestrafungen, nur aufgrund des Mundes eines Mannes auf meinem, in Vergessenheit geraten? Was passierte nur mit mir? Wenn ich mich allein vom Küssen so fühlte, bezweifelte ich, dass ich stark genug war, um unsere Hochzeitsnacht durchzustehen. In der Schule war mir zwar erklärt worden, dass ich meine Augen schließen und an England denken sollte, während mein Ehemann sich seine Freiheiten nahm, aber der Blick auf die weiten Grasflächen der Prärie mit ihren gezackten Berggipfeln in der Ferne erinnerte mich daran, dass ich mich nicht länger in England aufhielt.

Zurück auf der Ranch trug mich Connor über die Türschwelle. Allerdings stellte er mich nicht, wie beim letzten Mal, im Eingang auf den Boden. Stattdessen trug er mich durch den Hauptbereich des Hauses durch einen langen Flur und in ein Schlafzimmer. Ich sah über seiner Schulter, dass uns Dash folgte und die Tür hinter uns schloss. Erst dann stellte er mich auf meine Füße.

Ich blickte auf das Bett und schluckte. Das war der Moment, von dem mir in sehr beschönigenden Ausdrücken erzählt worden war, aber ich hatte eine ungefähre Vorstellung davon. Jedes Jahr hatte es einen Kurs zum richtigen Verhalten gegeben, aber im letzten Schulhalbjahr war der Unterricht anders ausgefallen. Wir hatten nicht mit Büchern auf unseren Köpfen umherlaufen oder das Sitzen üben müssen, bei dem unsere Knöchel verschränkt, unsere Wirbelsäulen gerade sein und die Hände im Schoß gefaltet werden sollten. Das war uns jahrelang eingetrichtert worden.

Dieser Kurs hatte sich jedoch damit beschäftigt, wie man sich vor dem zukünftigen Ehemann verhielt. Ich dachte zurück an das, was ich gelernt hatte, an Mrs. Withers Worte und was ich tun musste.

Das Bett war ziemlich groß, groß genug, dass sich einer der Männer dort wohlfühlen würde. Das Zimmer war karg, aber gut möbliert. Auf dem Himmelbett lag eine dunkle Tagesdecke. In der Ecke stand ein Koffer mit zwei Büchern und einer nicht entzündeten Laterne darauf. Am offenen Fenster wehten weiße Vorhänge in der leichten Brise. Dafür, dass Oktober war, war es ein warmer Tag, aber hier drinnen in diesem Zimmer fühlte es sich an, als gäbe es überhaupt keine Luft. Die beiden Männer ließen den Raum klein wirken und rückten das Bett in den Mittelpunkt.

Ich erinnerte mich an den Unterricht und was meine Pflicht war. Vor mir standen zwei Männer, die auf mich warteten. Ich holte tief Luft, zog die Nadel aus meinem Hut, entfernte ihn und legte ihn auf den Koffer. Anschließend lief ich zu dem Bett, krabbelte so damenhaft, wie ich konnte, darauf und positionierte mich in der Mitte. Nachdem ich mich zurückgelegt hatte, zog ich mein Kleid wieder nach unten über meine Knöchel.

Ich warf einen Blick auf die Männer, die mich beobachteten. Sie sagten nichts, taten nichts und meine Furcht wuchs. Ich wusste, sie würden etwas mit meiner Weiblichkeit tun, dass sie einen Teil von sich in mich stecken würden, also zog ich langsam meine Füße auseinander, winkelte meine Knie an und schob wieder mein Kleid nach unten. Ich schloss meine Augen, holte nochmal tief Luft und verkündete: „Ich bin bereit."

Im Raum war es still. Ich konnte nicht einmal das Atmen der Männer hören. Wollten sie mich doch nicht? Ich öffnete ein Auge und spähte zu ihnen hoch. Beide Männer blickten mit geöffneten Mündern und gehobenen Augenbrauen auf mich hinab.

„Bereit für was, Liebling? Ein Nickerchen?", fragte Dash.

Ich stemmte mich auf meine Ellbogen hoch. „Für...für den Koitus. Mir wurde gesagt, dass du auf mich klettern und dich dort bewegen würdest und es würde schmerzen, aber ich sollte – "

„An England denken?" Dash schüttelte langsam seinen Kopf und warf dann einen Blick zu Connor.

„Nun...ja."

Connor setzte sich an das Fußende des Bettes, während Dash seine Arme vor der breiten Brust verschränkte.

„Wer hat dir das erzählt?", wollte Connor wissen.

Oh meine Güte. Ich hatte etwas falsch gemacht. Ich leckte meine Lippen und antwortete: „Mrs. Withers in unserer Verhaltensklasse."

„Glaubst du, dass diese Frau, Mrs. Withers, jemals zuvor einen...*Koitus* erlebt hat?"

Mein Mund klappte bei dieser lächerlichen Frage auf,

aber sie gab mir auch zu denken. War Mrs. Withers tatsächlich eine Mrs.? Ich dachte an die Frau, die weit in ihren Sechzigern war, an ihre grauen Haare und den säuerlichen Gesichtsausdruck. Ich bezweifelte, dass jemals eine strengere oder mürrischere Frau gelebt hat. „Ich kann mir das nicht vorstellen." Wenn die Schuldirektorin herausfinden würde, dass ich mit zwei Männern verheiratet war...nein, wenn sie nur einen Blick auf diese zwei gutaussehenden Männer werfen würde, würde sie einen Schlaganfall erleiden.

„Dann werden wir deine Lehrer sein. Vergiss, was auch immer diese Frau dir erzählt hat", befahl mir Connor.

„Alles", fügte Dash hinzu. „Wir werden jede seltsame Vorstellung, die du hast, korrigieren, eine nach der anderen. Mit zwei Männern verheiratet zu sein, macht dich nicht zu einem leichten Mädchen. Verheiratet zu sein, bedeutet nicht, dass du mit deinem Körper uns gegenüber eine Pflicht erfüllen musst. Das ist keine Pflicht, Mädel, dieses Verlangen. Dieses *Begehren*."

„Zuerst einmal wirst du nicht an das verdammte England denken. Tatsächlich bedeutet es, dass wir etwas falsch machen, wenn du überhaupt an etwas denkst", sagte Connor. „Zweitens wirst du auch nicht einfach nur daliegen."

Bevor ich eine Chance hatte, ihn dazu zu befragen, hob mich Dash in seine Arme und trug mich aus dem Zimmer, während Connor uns die Tür aufhielt.

„Wohin gehen wir? Wollt ihr keine eheliche Beziehung?" Die Flurwände zogen als verschwommener Streifen an mir vorbei.

„Lektion Nummer eins. Es ist keine eheliche Beziehung oder ein Koitus oder Geschlechtsverkehr oder irgendein anderer wissenschaftlicher Begriff, der das Fummeln unter den Laken beschreibt."

„Im Dunkeln", ergänzte Dash, während er mich auf die Füße stellte und mich zu sich drehte. Dann setzte er sich auf einen bequemen Stuhl neben den Kamin. Seine Hand schlang sich um meine Taille, sodass ich zwischen seinen geöffneten Knien stand. „Es ist Ficken", sagte er. Das Wort klang so schmutzig und ungehobelt, dass ich errötete. Ich blickte weg zu dem Kamin, in dem schon bald ein Feuer brennen würde, um die Herbstkälte zu vertreiben. Ich hatte das Wort noch nie zuvor gehört, aber ich wusste, dass es unanständig und animalisch war. „Sag es."

Ich schüttelte meinen Kopf und weigerte mich, ihn anzusehen. „Ich kann nicht."

Ich hörte Connor hinter mich treten, spürte seine Hitze an meinem Rücken, aber er berührte mich nicht. Als sein warmer Atem über mein Ohr strich, erschrak ich. „Kannst oder wirst du nicht?"

Ich spürte, wie sich eine Nadel in meinen Haaren lockerte und führte meine Hand nach oben, aber stieß nur auf Connors Hand. Ich riss meine Hand weg, als hätte ich mich verbrannt, während er eine Nadel, dann eine weiter, dann noch eine herauszog, bis meine Haare gerade und lang über meinen Rücken fielen.

„Ich werde nicht." Beide schwiegen und ich versuchte, mich nicht zu bewegen. Ich wusste, ihre Augen lagen auf mir und dass allein mir ihre ganze Aufmerksamkeit galt. Es war schlimmer als jedes einzelne Mal, bei dem ich ins Büro der Schuldirektorin geschickt worden war. Schlimmer als der Moment, in dem mein Vater mich niedergestarrt und mir mitgeteilt hatte, dass ich seinen Freund – seinen *sehr* alten Freund – heiraten würde. Ich hatte meinen Schulabschluss gemacht und Mrs. Withers hinter mir gelassen, mein Vater und mein ehemaliger Verlobter befanden sich einen Ozean von mir entfernt. Connor und Dash würden nirgends hingehen, jemals. „Ich bin zwar schon lange nicht mehr im Alter für das Internat, aber mir wurde beigebracht, von unangebrachter Sprache Abstand zu nehmen."

„Internat?", fragte Connor mit düsterer Stimme. „Ich habe Geschichten über die englischen Internate gehört. Manche Schulen in Schottland sind nicht besser. Wenn du sagst *beigebracht*, dann meinst du damit, dass du geschlagen wurdest."

„Geschlagen?" Mein Herz hämmerte in meiner Brust und ich fragte mich, ob sie es sehen konnten. „Wenn du damit Lineale meinst, dann ja."

„Was noch?", fragte Dash und ich sah ein Zucken an seinem Kiefer. „Eine Gerte?"

Ich starrte unverwandt auf den Kamin.

„Ein Rohrstock?"

Ich räusperte mich und zuckte mit vorgespielter Gleichgültigkeit die Achseln. „So etwas in der Art."

„So etwas wie was, Liebling?" Connors Hände legten sich auf meine Schultern und ich zuckte zusammen, aber sie entfernten sich nicht. Sie waren warm und sanft und fühlten sich irgendwie beruhigend an. „Erzähl es uns. Ich möchte wissen, was du durchgemacht hast. Ich will keine falschen Verallgemeinerungen hören, damit du nicht wirkst, als würdest du dich beschweren."

„Woher wusstest du...?" Ich verkniff mir den Rest der Frage.

„Wir sind aus Schottland, Liebling. Wir wissen, zu welchem Verhalten eine Frau deiner Art erzogen wird."

Ich seufzte. „Na schön. Alles, was du aufgezählt hast,

sowie eine ausgelassene Mahlzeit oder in einem Schrank eingesperrt zu werden."

Ich glaubte, ich hörte Connor knurren.

„Sieh mich an, Rebecca", forderte Dash. Da seine Stimme fast flehend klang, musste ich ihn einfach ansehen, in seine dunklen Augen blicken. „Wie alt warst du, als du weggeschickt wurdest?"

„Sechs", antwortete ich ehrlich.

Connor fluchte unterdrückt. Ich hatte das Gleiche bei Connor erlebt, wenn er wütend war.

„Und Montgomery, dein Bruder? Wo war er zu dieser Zeit?", fragte Dash mit düsterer Stimme.

Ich leckte meine Lippen, da ich mir Sorgen machte, dass sein Ton mir galt. „Als ich sechs war? In der Armee. Ich glaube, er war irgendwo mit euch im Ausland stationiert." Höchstwahrscheinlich in diesem Land Mohamir, von dem sie alle so liebevoll sprachen. „Er war viel älter als ich. Das Kind meiner Mutter aus erster Ehe."

„Deine Mutter?", fragte Dash.

„Sie starb bei meiner Geburt."

„Dein Vater?" Dashs helle Augenbraue hob sich fragend.

„Ihm geht es gut, zumindest war das der Fall, als ich ihn zuletzt sah. Cecil hat von den Plänen meines Vaters gehört, mich mit dem Witwer Reginald Thompson-Trewes, dem dritten Grafen von Crawford, zu verheiraten. Sein einziger Erbe ertrank im Alter von dreiundvierzig und er brauchte einen weiteren. Irgendwie hat Cecil von dieser unpassenden Vereinbarung erfahren und mich aus London *abberufen*. Ich habe mich nicht beschwert."

„Ich schwöre, Rebecca Montgomery McPherson MacDonald, dass ich nie meine Hand in Wut gegen dich erheben werde. Ich werde dich auf keine Weise berühren, die dir Schaden zufügen wird. Nur Vergnügen." Dash hob seine Hand zu meiner Wange und streichelte mit seinem Daumen darüber, zog mich dann zu sich und küsste mich. Der Kuss war weich und sanft und ohne Zunge, worüber ich überrascht und seltsamerweise enttäuscht war. Er gab mich frei und drehte mich zu Connor.

„Niemand wird jemals wieder seine Hand, eine Gerte oder ein Lineal oder einen Rohrstock gegen dich erheben", knurrte Connor. „Es ist unsere Aufgabe, dich zu beschützen und dir deine Probleme abzunehmen. Aber wir werden Dinge mit dir tun, die vielleicht dem widersprechen, was dir beigebracht worden ist, nicht weil sie schlecht, sondern weil sie gut sind." Seine Daumen streichelten ebenfalls über mich, aber seine zeichneten Halbmondkreise an meinem Halsansatz. „Wie das Wort Ficken zu sagen. An diesem Wort ist nichts Falsches, denn du wirst darin nur Vergnügen finden und wir werden es oft tun."

Oft? War es nicht nur eine Nacht im Bett? „Ich...ich werde es versuchen", sagte ich.

„Mach dir keine Sorgen, wir haben unsere eigene Art und Weise, dich zu trainieren."

Ich wusste nicht, was er damit meinte, aber ich bezweifelte, dass es um ein Klassenzimmer ging und war beruhigt, dass es keine körperliche Bestrafung beinhaltete.

Dash lächelte und die harten Züge, die das Gespräch in sein Gesicht gegraben hatte, verblassten. „Ich wette, du wirst uns schon bald anflehen, dass wir dich ficken. Lass dir eins gesagt sein, Liebling, du wirst die Worte aussprechen müssen."

Das schien mir kein Problem zu sein, da ich stark bezweifelte, dass ich jemals darum betteln würde...*genommen* zu werden.

„Wenn wir dich ficken, werden wir nackt sein. Wir werden es am helllichten Tag tun und oft außerhalb des

Betts", erklärte Dash, während seine Hände zu den winzigen Knöpfen an meinem Hals wanderten. „Das ist der Grund dafür, dass wir für dein erstes Mal hier in der Stube sind, um dir zu zeigen, dass wir kein Bett benötigen."

Ich versuchte, zurückzutreten, aber ich stieß gegen eine feste Muskelwand. Connor.

„Was...was macht ihr?", fragte ich und hielt Dashs Hände mit meinen eigenen auf.

„Dich nackt ausziehen."

5

EBECCA

„Aber...aber ich bin noch nie zuvor vor einem Mann nackt gewesen."

„Das will ich doch hoffen", knurrte Connor hinter mir.

Ich spürte, wie mein Herz raste. Die Vorstellung, nackt und entblößt zu sein, ließ mich in Panik geraten. „Könnt ihr...könnt ihr das, was ihr mit mir machen werdet, nicht auch tun, während ich mein Kleid trage, zumindest bis es dunkel ist?"

Dash schüttelte langsam seinen Kopf. „Nein, Mädel. Du bist so liebreizend, dass wir alles von dir sehen möchten."

Ich schluckte. „Ich...ich habe Angst."

„Ach Mädel", flüsterte Connor in mein Ohr. „Ich bin stolz auf dich, dass du uns von deinen Gefühlen erzählst."

„Möchtest du, dass wir uns zuerst ausziehen?", fragte Dash.

Meine Augen weiteten sich. „Ihr werdet auch nackt sein?

Ihr *wollt* mir eure Körper zeigen?" Hitze durchströmte mich, aber die Vorstellung beruhigte meine Nerven nicht.

„Ja, wir werden nackt sein, Mädel, und nein, uns wurde nicht beigebracht, vor unserer Braut ein sittsames Verhalten an den Tag zu legen."

Ich spürte, wie Connor zurücktrat. Die Hitze seines Körpers verschwand. Dash bewegte seine Hände von meinem Kragen zu dem Gürtel an seiner Taille. Er öffnete ihn mit geschickten Fingern und dann seinen Hosenschlitz. Ich trat zurück, da ich auf seine dreisten und unanständigen Handlungen nicht vorbereitet gewesen war. Er bewegte seine Hüften, griff in die Öffnung seiner Hose und zog seinen...oh mein Gott!

Es war lang und dick und dunkelrot. Dash hielt ihn sicher an der Wurzel in seiner Faust und die Spitze war breit wie eine Krone und hatte ein kleines Loch in der Mitte, aus der eine klare Flüssigkeit quoll. Seine Faust glitt der Länge nach hinauf und sein Daumen streckte sich bis zur Spitze, um die Flüssigkeit wegzuwischen. Es war unglaublich lang und das sollte in mich passen? Ich trat einen weiteren Schritt zurück, während mein Blick zu Dashs Augen huschte. Seine Augenlieder waren halb geschlossen und er beobachtete mich auf eine Weise, die mich über meine Lippen lecken ließ. Er war nicht nackt, aber er hätte es genauso gut sein können.

Connors Taten veranlassten mich dazu, ihm meinen Kopf zuzudrehen. Anstatt seine Hose zu öffnen, hatte er sein Hemd aufgeknöpft und es zu Boden fallen lassen, während er mich die gesamte Zeit über im Auge behielt und dann zwinkerte er. Zwinkerte! Er war so entspannt und ging so locker mit dem, was wir taten, um, dass er zwinkerte, während er sich Stück für Stück seiner Kleidung entledigte. Seine Schultern waren breit und zeigten wohldefinierte

Muskeln. Auf seiner Brust wuchsen dunkle Haare. Während meine Nippel rund und voll waren, waren seine dunkelrosa, flache Scheiben. Sein Bauch war flach und wohlgeformt mit einer schmalen Taille. Die Haare liefen an seinem Bauchnabel zu einem V zusammen und dann in eine Linie, die bis in seine Hose reichte. Dort konnte ich eine Beule sehen, die sich eindeutig gegen die Vorderseite drückte.

Ich warf einen Blick auf Dashs...Glied, dann blickte ich woanders hin. Ich nahm an, dass Connor genauso groß oder möglicherweise noch größer war. Connor grinste verrucht und zögerte nicht, einen Stiefel auszuziehen, dann den anderen, bevor er seinen Gürtel und die Vorderseite seiner Hose öffnete und sie zu Boden sinken ließ. Er stieg aus der Hose und streifte dann seine Socken ab, um sich wieder aufzurichten. Er war vollständig nackt – und er sah aus wie Michelangelos *David*, den ich in den Büchern gesehen hatte.

Ich konnte das kleine Keuchen, das mir bei seinem Anblick entwich, nicht unterdrücken.

„Das sind Schwänze, Liebling", verkündete Dash, als meine Augen weiterhin Connor durchbohrten. Seine Hand packte jetzt ebenfalls seinen...Schwanz und sie streichelten sie. War Connors gerade größer geworden?

„Sie sind...", ich räusperte mich, „sie sind ziemlich groß."

Connors Grinsen wurde breiter. „Du bist dran, Mädel."

Mir wurde durch ein Klopfen an der Tür ein Aufschub gewährt. Connor wandte sich, um zur Tür zu gehen, offenkundig unbekümmert darüber, dass er nackt war. „Was machst du denn?", wisperte ich, da mein Anstand stärker war als die tiefverwurzelte Verhaltensregel, keine Fragen zu stellen und ich stürmte zur Tür und lehnte mich dagegen, wodurch ich ihn davon abhielt, sie zu öffnen.

„Was?", fragte Connor, während er vor mir stand. „Das ist nur dein Koffer, der aus der Stadt geliefert wird."

„Du kannst nicht so an die Tür gehen", zischte ich, während meine Wangen knallrot anliefen.

„Na schön", antwortete er. Also entfernte ich mich von der Tür. Er griff nach unten, um sein Hemd aufzuheben. Ich dachte, er würde es anziehen, aber stattdessen hielt der das Kleidungsstück nur an sich und öffnete dann die Tür. „Quinn, komm rein."

Connor trat zurück, als ein Mann so groß und muskulös wie meine zwei Ehemänner meinen Koffer nach innen trug. „Ich störe euch", stellte er mit tiefer Stimme und einem amerikanischen Akzent fest, als er das Aussehen der beiden Männer erfasste. „Ma'am." Er nickte seinen Kopf zum Gruß in meine Richtung.

Ich nickte ebenfalls kurz mit dem Kopf und drehte ihm dann beschämt meinen Rücken zu.

„Ach, das ist in Ordnung. Du hast sicherlich schon zuvor einen nackten Mann gesehen", meinte Connor. Hatte er überhaupt keinen Anstand? „Darf ich dir unsere Braut, Rebecca, vorstellen? Rebecca, das ist Quinn. Ohne ihn könnten wir die Ranch nicht führen."

Ich blickte über meine Schulter und der Mann schenkte mir ein schwaches Lächeln und nickte ein weiteres Mal. Ich versuchte, zu lächeln, aber die Situation war absolut irrwitzig. Connor war nackt und Dash saß auf dem Stuhl, wobei seine Hand immer noch seinen Schwanz umfasste. Glücklicherweise hatte er aufgehört, ihn zu streicheln.

Ich räusperte mich. „Wie geht es dir?", erkundigte ich mich.

„Stell ihn bitte dort drüben hin", wies Dash ihn an.

Das machte der Mann und ging dann zu der offenen Tür. „Es gibt noch einen zweiten Koffer. Mr. Arnold hat angeboten, ihn morgen anzuliefern. Wegen der Vorräte und allem, war dafür heute nicht genug Platz. Herzlichen Glückwunsch zu eurer Hochzeit", sagte er. „Ich werde es den anderen mitteilen, damit sie euch ein wenig Zeit geben."

„Morgen, Quinn. Keine Besucher bis morgen", rief Dash ihm hinterher.

Der Mann nickte, während sich sein Mundwinkel nach oben bog, dann ging er. Connor schloss die Tür und warf sein Hemd auf den Boden. Sein Schwanz war erigiert und zu seinem Bauchnabel gebogen. Waren sie immer so hart? Wie ritten sie damit ein Pferd oder liefen? „Also, wo waren wir, Liebling?" Er tippte sich mit dem Daumen an sein kantiges Kinn. Er hätte nachdenklich gewirkt, wäre er nicht nackt gewesen. „Ah ja. Du warst an der Reihe, deine Klamotten abzulegen."

Mit zitternden Fingern begann ich, die Knöpfe an der Vorderseite meines Kleides zu öffnen. Die Augen der Männer beobachteten jeden meiner Fortschritte, während ich das Kleid über meine Hüften nach unten schob und es zu meinen Füßen fallen ließ. Nur die oberste Wölbung meiner Brüste und meine Arme waren jetzt entblößt, ansonsten war ich noch vollständig bedeckt.

„Das ist ja so, als würde man einen Maiskolben entblättern. Jedes Mal, wenn du etwas auszziehst, gibt es noch mehr darunter", merkte Connor an. Ich schürzte meine Lippen und starrte ihn finster an, da mir der Vergleich nicht gefiel.

Ich trug immer noch einen Unterrock, Schlüpfer, ein Korsett, Strümpfe, Schuhe und ein Nachthemd. „Ohne Hilfe mit dem Korsett kann ich mich nicht weiter entkleiden."

„Dann werde ich deine Zofe sein", verkündete Connor und kam zu mir, wobei sein Schwanz vor ihm wippte. Ich wirbelte auf meiner Ferse herum, damit ich diesen Anblick nicht sehen musste, aber jetzt stand ich Dash gegenüber, der mit gespreizten Beinen auf einem Stuhl saß und seinen Schwanz mit einer Hand bearbeitete. Dieser wirkte jetzt sogar noch dunkler und schon fast wütend.

Connor zog und zerrte an dem Band an der Rückseite meines Unterrocks und die vielen Stoffschichten fielen zu Boden, wo sie wie ein Baiser liegen blieben. Er streckte seine Hand aus und ich ergriff sie und trat aus dem Stoff.

In die Hocke gehend zog er mir einen modischen Stiefel aus, dann den anderen, bevor er sich wieder zu seiner vollen Größe aufrichtete. Seine Hände arbeiteten und zogen an den Schnüren an der Rückseite meines Korsetts. „Diese Schnüre sind so eng wie ein festgezurrter Sattelgurt. Kein Wunder, dass du in Ohnmacht gefallen bist."

Ich blickte ihn finster an. „Ein Maiskolben und ein Sattelgurt", grummelte ich. Keiner der Männer war einfallsreich mit seinen Worten.

Nachdem die letzte Schnur geöffnet worden war, zog Connor das Korsett weg und ich holte tief Luft. Das war mein erster tiefer Atemzug seit heute Morgen, als Mrs. Tisdale das Korsett geschnürt hatte. Da hatte ich nicht im Geringsten geahnt, dass die Augen zweier Männer auf mir liegen würden, wenn es geöffnet wurde.

Connor stellte sich vor mich und die Augen beider Männer wanderten über mich. Mein Unterkleid war weiß und aus feinem Leinen hergestellt, das fast durchsichtig war. Meine Brüste waren so groß, dass sich das Material straff über deren Wölbung dehnte. Auf diesen Wölbungen ruhten die Blicke der Männer.

„Nein, Mädel, du bist eine *ganze* Frau."

Ich blickte nach unten und sah, dass sich meine Nippel fest zusammengezogen hatten und sich deutlich unter dem Kleid abzeichneten. Sie waren von Anfang an nicht klein gewesen, aber jetzt wirkten sie unglaublich groß. Das Nachthemd hing bis zur Mitte meiner Oberschenkel und über meinen Schlüpfer. Meine Strümpfe reichten nur bis kurz über meine Knie, sodass ein Teil meiner Schenkel entblößt war. Ich verschränkte die Arme vor der Brust, aber sie stellten keine wirkliche Barriere dar.

„Du bist bezaubernd, Mädel."

„Wunderschön."

Ihr Lob wärmte mich von innen.

Dash krümmte seinen Finger. „Komm her, Liebling."

Auf meine Lippe beißend trat ich zurück zwischen Dashs gespreizte Knie und seine Hände legten sich auf meine Taille. Ohne mein Kleid waren seine Hände viel wärmer. Er zog mich für einen weiteren Kuss, der weich und süß war, an sich und als er sich von mir löste, war ich kraftlos und die Anspannung ein wenig verflogen. Vielleicht betäubten sie mich mit Küssen. Wenn das ihr Plan war, dann ging er auf. „Ich könnte dich den ganzen Tag küssen, aber ich habe andere Pläne. Zieh dein Höschen aus, Liebling", verlangte er, während seine Daumen vor und zurück streichelten und ein Kribbeln auf meiner Haut erzeugten. Gänsehaut breitete sich auf meinen nackten Armen aus.

Indem ich hinter mich unter den Saum meines Nachthemdes griff, fand ich die Schleife, die meinen Schlüpfer zusammenband, zog daran und ließ das Kleidungsstück zu Boden fallen. Ich wollte meinen Schlüpfer nicht über meine Beine nach unten schieben, da ich mich dann nach vorne beugen müsste und Dash würde aufgrund des lockeren Ausschnitts meines Nachthemdes einen ungehinderten Blick auf meine Brüste haben. Was noch viel wichtiger war: indem ich den Schlüpfer fallen ließ, blieb ich...unten weiterhin bedeckt.

„Hast du dich jemals zuvor selbst befriedigt?" Dash beäugte mich, aber es war schwer, ihm in die Augen zu schauen, wenn sein Schwanz von seinem Körper abstand und direkt auf mich zeigte.

Ich schüttelte meinen Kopf. „Ich...ich weiß nicht, was du meinst."

„Hast du jemals zuvor deine Pussy berührt?" Connors Frage ließ mich den Kopf nach oben neigen, um ihn anzusehen, was gut war, da es mich davor bewahrte, seine Brust anzusehen und nach...unten zu blicken.

„Ich nehme mal an, dass du dich nicht auf eine Katze beziehst", entgegnete ich.

Er grinste, wodurch er eine Reihe gerader und weißer Zähne offenbarte. „Nein, aber wenn du sie genug streichelst, wird sie dich zum Schnurren bringen."

„Heb den Saum hoch und zeig sie uns. Deine Pussy. Ich wette, die Haare dort sind so dunkel wie die auf deinem Kopf."

Ich errötete heftig. Sie wollten wissen, ob ich mich... dort berührte? Warum sollte ich das tun und wie führte das zu irgendeiner Art Vergnügen? „Ich möchte das nicht tun", erwiderte ich. „Ich weiß, ich muss tun, was mein Ehemann verlangt, aber...aber ich kann nicht. Ich kann sie euch nicht *zeigen*. Ich habe euch erst heute Morgen kennengelernt und ihr bittet mich, Teile von mir zu entblößen, die ich noch nie irgendjemandem gezeigt habe."

Ich blickte von einem Mann zum anderen, um zu sehen, ob ihre Gesichtsausdrücke irgendeine Form von Wut über meine widerborstigen Worte zeigten. Ich sah keine.

„Na schön. Fürs Erste. Alles klar?", fragte Dash.

Ein Seufzen entwich meinen geöffneten Lippen. „Dankeschön."

„Wir können mit deinen Brüsten beginnen. Gott, sie sind umwerfend und ich habe sie noch nicht einmal gesehen." Bevor ich wusste, was er vorhatte, beugte sich Dash auf seinem Stuhl nach vorne, legte seine Lippen auf meinen Nippel und saugte sie vollständig in seinen Mund, sogar mit dem Nachthemd.

„Oh!", schrie ich und packte seinen Kopf, sein blondes Haar war seidig weich zwischen meinen Fingern und ich versuchte ihn von mir zu reißen, aber ich schaffte es nicht. „Was machst du da?"

„Er saugt an deinem Nippel." Connors Worte erklangen direkt neben meinem Ohr. „Fühlst du dich gut, Liebling?" Er küsste meine Ohrmuschel und dann kam seine Zunge heraus, um über die Kurve zu gleiten, bevor er das Ohrläppchen in seinen Mund saugte, mit seinen Zähnen daran zog und es dann losließ.

„Ah!"

Die feuchte Hitze von Dashs Mund, das starke Saugen und die dekadente Bewegung seiner Zunge ließen mich meine Finger fest in seinen Haaren vergraben. Ein scharfes Ziehen, nicht schmerzhaft, und eine leichte Verzweiflung durchströmten mich. Sein Mund entspannte sich und er leckte über die Spitze. Als ich nach unten sah, erkannte ich, dass ein Kreis des Nachthemdes vollständig durchsichtig und feucht über meinem Nippel lag und die rosa Farbe eindeutig zu sehen war. Die Spitze war fest aufgerichtet und als seine Zunge über diese Spitze glitt, schrie ich auf. „Was... warum...wie?" Meine Fragen gingen alle ineinander über und ergaben keinen Sinn, da ich meinen Verstand zu verlieren schien. Wie konnte mich allein Dashs Mund auf meinem Nippel so...*fühlen* lassen?

Dash hob seinen Kopf und blies sanft auf die feuchte Haut, dann blickte er durch seine blonden Wimpern zu mir hoch. „Wie steht's mit dem anderen? Ist er einsam?"

Eine Minute zuvor hätte ich nicht gewusst, worauf er anspielte, aber jetzt...jetzt verstand ich und der Nippel *war* einsam. Er sehnte sich so sehr nach Aufmerksamkeit, dass es fast schmerzte. Obwohl die Luft warm war, kühlte sie die feuchte Spitze und sie schmerzte. Glücklicherweise benötigte Dash keine Antwort, da er sich der anderen Brust zuwandte und an der Spitze saugte, wie er es bei der ersten gemacht hatte. Wieder legten sich meine Hände auf seinen Kopf und dieses Mal hielt ich ihn an Ort und Stelle, anstatt zu versuchen, ihn wegzustoßen.

Es fühlte sich so gut an, so anders als irgendetwas, das ich jemals zuvor gefühlt hatte. Und tiefer, zwischen meinen Beinen, konnte ich spüren, wie ich warm wurde. Nicht nur das, ich fühlte einen leichten Schmerz und war fast...feucht. Als Dash leicht auf die Spitze biss, schrie ich auf und meine Augen öffneten sich schnell.

„Ich glaube, du kannst sie allein auf diese Weise zum Höhepunkt bringen", meinte Connor zu Dash. „Ich will es auch bei einer probieren. Eine für jeden von uns, Mädel."

Dash zog sich zurück und drehte meine Hüften so, dass sie sich, als sich Connor auf den Boden kniete, auf der perfekten Höhe für seinen Mund befanden. Dash zögerte nicht und widmete meiner anderen Brust gleich wieder seine Aufmerksamkeit.

Die zwei machten sich eifrig über meine Brüste her, leckten und saugten, knabberten und zogen an meinen Nippeln und berührten mich an keiner anderen Stelle.

Mein Kopf fiel zurück und meine Augen schlossen sich. Ich musste an England denken oder den dunklen, furchteinflößenden Schrank in der Schule oder sogar an

Mrs. Withers, da ich nicht wollte, dass sie wussten, wie sehr mir gefiel, was sie machten. Einmal entkam meinen Lippen ein kleiner Schrei, aber sie würden sicherlich denken, dass ich geschrien hatte, weil sie zu grob waren. Ich konnte nicht, durfte kein leichtes Mädchen sein. Ich ballte meine Hände an der Seite zu Fäusten, als sich die scharfe Empfindung des Vergnügens über meiner Haut ausbreitete und sich zwischen meinen Beinen niederließ. Meine Pussy oder wie auch immer sie sie genannt hatten, war so heiß.

Dash löste sich von mir und sagte Connor, er solle aufhören. „Sie kämpft dagegen an."

„Ah, Mädel, du sollst uns nicht bekämpfen. Kämpfe nicht gegen die Reaktionen deines Körpers auf unsere Berührungen", forderte Connor, während er mit einer Hand über meine Stirn streichelte und die Haare aus meinem Gesicht strich.

Ich öffnete meine Augen und sah auf sie hinab. „Ich... kann nicht. Ich kann das nicht mögen." Dash runzelte die Stirn und hielt mich an Ort und Stelle.

„Warum denn nicht?", fragte er. „Es ist keine Schande, in der Berührung deiner Ehemänner Vergnügen zu finden."

Ich nickte hektisch. „Doch. Doch das ist es."

„Du denkst doch wohl nicht wieder an England, oder?"

„Ich sollte es nicht mögen", entgegnete ich.

Dashs Augenbrauen hoben sich unter seinen Haaren. „Ja, das sollst du. Sie haben dich angelogen."

„Ein Ehemann will keine Frau, die leidenschaftlich ist, da er ihre Gesinnung in Frage stellen wird."

„Solltest du dich nicht deinem Ehemann fügen?", fragte Connor, während er weiterhin über die Seite meines Gesichtes streichelte.

Ich konnte nicht anders, als zu nicken, denn dazu war ich ausgebildet worden: fügsam zu sein.

„Dann musst du tun, was wir sagen", erklärte Dash mir. „Und wir sagen dir – "

„Geben dir die Erlaubnis", warf Connor ein.

Dash nickte. „ – es zu mögen."

„Tatsächlich wirst du, wenn du nicht loslässt und dich uns hingibst, ungehorsam sein und dann werden wir dich übers Knie legen müssen."

6
———

EBECCA

MEIN MUND KLAPPTE bei seinen Worten auf und für einen Moment verspürte ich unglaubliche Angst. „Ihr habt gesagt, ihr würdet mich nicht schlagen", flüsterte ich.

Connor schüttelte langsam seinen Kopf und seine Augen blickten leidenschaftlich, nicht wütend. „Dich schlagen? Niemals, aber denk nicht, dass ich dich nicht übers Knie legen und dir den Hintern versohlen werde, wenn du es verdienst."

Sie schienen fest entschlossen zu sein, dass ich mich ihren Wünschen beugen würde. Die Empfindungen, die sie mir nur mit ihren Mündern auf meinen Brüsten entlockten – sie hatten mich kaum berührt! – waren anders als alles, was ich jemals erlebt hatte. Es benötigte nur einen starken Ruck von Dashs Mund und schon flogen meine Hände zu ihren Köpfen und hielten sie fest. Vielleicht waren ihre Zuwendungen so leidenschaftlich, weil sie versuchten, mir das Vergnügen aufzuzwingen. Ich gab diesen Gedanken schnell auf, da sie mich anscheinend überhaupt nicht dazu zwingen *mussten*. Sie entlockten mir das Vergnügen langsam und beinahe mühelos.

„Wir wollen dich berühren, Mädel, wir wollen dir Vergnügen bereiten. Wir wollen, dass du weißt, welch wundervolle Empfindungen wir dir verschaffen können." Dashs Stimme verringerte sich zu einem heiseren Flüstern, als sich eine Hand auf meiner Hüfte niederließ und sich eine weitere auf meine andere Hüfte legte. Ihre Berührungen waren sanft, die Hitze ihrer Hände ging auf mich über.

„Hab keine Angst. Du bist unsere Frau und wir können unsere Hände nicht von dir lassen."

„Deine Haut ist wie Seide."

Meine Augen schlossen sich, während sie fortfuhren, mich zu loben und mir zu erzählen, wie sehr sie meinen Körper liebten, welche Gefühle ich in ihnen weckte. Meine Besorgnis verschwand, als ich erkannte, dass sie mit mir zufrieden waren und sie *wollten*, dass ich mich nach ihnen verzehrte. Ich spürte wie der Stoff an ihren schwieligen Händen hängenblieb, während sie über die nackte Haut meiner Schenkel streichelten. Ihre Handflächen waren heiß, als sie ihren Pfad änderten und ihre Hände wieder zu meiner Hüfte hoch bewegten, wobei sie mein Nachthemd nach oben schoben, sodass sie meinen Hintern umfassen konnten.

„Nein", flüsterte ich, als sie sich beide von mir lösten, nicht weil ich wollte, dass sie aufhörten, sondern weil ich wollte, dass sie weitermachten. Meine Augenlider öffneten sich flatternd und ich sah ihre veränderten Gesichtsausdrücke. Die fast zärtlichen Blicke waren verschwunden und von angespannten Kiefern, geöffneten

Lippen und halb geschlossenen Augen ersetzt worden, die mich ansahen, als wäre ich das Abendessen. So wie sie an mir geknabbert und gesaugt hatten, war ich das vielleicht sogar.

Connor stellte sich hinter mich, ergriff meine Handgelenke und hob meine Arme über meinen Kopf. Dash glitt mit den Händen an meinen Rippen entlang nach oben, wobei er das Nachthemd so weit hochschob, dass Connor es ihm abnehmen, über meinen Kopf ziehen und auf den wachsenden Klamottenberg auf dem Boden werfen konnte.

Dash erstarrte, während seine Augen auf meinen Körper gerichtet waren. „Heilige Scheiße, Frau, du bist atemberaubend."

„Ihr Hintern ist perfekt", stellte Connor fest, während er seinen Kopf senkte und meine Schulter küsste.

Sie ließen mir keinen einzigen Moment, um mich seltsam zu fühlen, da ihre Hände anfingen, über meine Haut zu wandern. Dashs Hände glitten von den Hüften zum Bauch zu den Schenkeln zu den Brüsten. Connors umfassten meinen Hintern und streichelten über meinen Rücken, während er meine Schulter entlang küsste und leckte, um schließlich an meiner Halsbeuge zu knabbern.

Es war, als ob mein Körper die ganze Zeit geschlafen hätte und sie ihn nun aufwecken würden. Meine Haut kribbelte überall und wurde unter ihren rauen Händen warm. Meine Nippel waren aufgerichtet und rot von ihren Zuwendungen. Irgendwie war ich zwischen meinen Schenkeln feucht und fast geschwollen, als ob sich mein Fleisch dort auf ihre…ihre Schwänze vorbereiten würde. Was vor ein paar Minuten noch absurd gewesen war, schien jetzt etwas zu sein, das ich brauchte.

Sie murmelten sich einander Dinge zu, als ob sie

meinen Körper genauso genießen würden wie ich ihre Berührungen.

Sie hat fantastische Kurven. Ihre Brüste, sie quellen über meine Handflächen. Ihr Arsch ist rund und perfekt zum Ficken. Ihre Pussy glänzt. Ich kann ihre Erregung riechen. Sie schmeckt so süß. Ich frage mich, ob der Rest von ihr genauso süß ist. Sie hat ein wunderbares Haarbüschel auf ihrer Pussy, aber es wird weichen müssen. Ich will diese perfekte Perle sehen, ganz hart und gierig nach uns.

Mein Kopf fiel zurück gegen Connors Schulter, während sie mich weiterhin erkundeten. Ich war verloren, vollständig verloren in ihren Stimmen und Händen auf mir. Als Dash also sagte, „Berühr deine Pussy, Liebling", dauerte es eine Weile, bis seine Worte Sinn ergaben.

Ich öffnete meine Augen und blickte auf ihn herab. Er hatte aufgehört, mich zu berühren, seine Hände ruhten an den Lehnen seines bequemen Stuhls, aber meine Haut fühlte sich immer noch kribbelig und warm an. Sein Schwanz war nach wie vor erigiert und zeigte direkt auf mich.

„Berühren...?"

Connor ergriff mein Handgelenk und führte es an meine Vorderseite, sodass meine Finger an meiner Weiblichkeit streiften. „Das ist deine Pussy, Mädel. Dash will, dass du sie berührst. Fahre mit deinen Fingern über diese rosa Lippen und suche deinen Kitzler. Ich wette, er ist schön hart. Zeig uns, was dir gefällt."

Dashs Blick hielt meinen. Während Connor sprach, erkannte ich, dass es das war, was Dash wollte.

„Ich...ich sollte nicht."

„Du kannst", entgegnete Dash.

„Aber – ", begann ich, bereit zu erklären, warum ich

mich nicht auf solche Weise berühren konnte. Es war verboten!

„Entweder berührst du deine Pussy oder wir werden es tun."

Er ließ mir keine große Wahl, aber ich beschloss, dass es besser wäre, meine eigenen Hände *dort* zu haben als die eines der Männer. Langsam streichelte ich mit meinen Fingern über mich.

„Da...da stimmt etwas nicht", gestand ich, als ich spürte, dass meine Weiblichkeit warm und ziemlich feucht war. Sie hatte sich noch nie zuvor so angefühlt.

Connor lief um mich herum und ging dann vor mir in die Hocke. „Etwas stimmt mit deiner Pussy nicht? Lass mich sehen."

Ich versuchte, einen Schritt nach hinten zu machen, aber er war schneller. Sein Arm schlang sich um meine Taille und seine andere Hand war zwischen meinen Schenkeln, bevor ich auch nur blinzeln konnte. „Wenn etwas mit dir nicht stimmt, dann müssen wir das wissen."

Ich wand mich in seinem Griff, da ich ganz und gar nicht daran gewöhnt war, meine Hand dort zu haben, geschweige denn die eines Mannes. Seine Berührung war allerdings sanft und fast schon heiß. Mein Fleisch wurde bei dem Kontakt mit seinen Fingerspitzen warm und ich fühlte mich noch feuchter an als zuvor. Ich konnte das Zischen, das zwischen meinen Zähnen hervorbrach, nicht unterdrücken.

Seine Finger glitten über die Haare, die meine Weiblichkeit beschützten, dann über die vollen Lippen, bevor er sie teilte. Dort streichelte er über eine Stelle, die mich zum Schreien brachte und meine Augen öffneten sich schlagartig. „Was war das?", keuchte ich.

Connor grinste.

„*Das* ist dein kleiner Kitzler." Das war die einzige Antwort, die er mir gab und er berührte diese Stelle nicht noch einmal, diese fantastische Stelle, die eine Welle des Vergnügens durch meinen Körper geschickt hatte. Stattdessen umkreiste ein stumpfer Finger meinen Eingang, aber drang nicht in mich ein.

„Ich kann nichts Falsches entdecken." Er zog seine Hand weg und meine Hüften bewegten sich nach vorne, als ob sie ihm folgen wollten. „Warum denkst du, dass etwas mit einer solch perfekten Pussy nicht stimmt?"

Ich konnte keinem der Männer in die fragenden Augen blicken.

„Rebecca", sagte Dash mit tiefer und eindringlicher Stimme.

„Es ist feucht dort und ich glaube, es tropft sogar über meine Schenkel. Das ist noch nie zuvor passiert."

Ich sah, wie sich Dashs Arm ausstreckte und spürte einen Finger über die Innenseite meines Oberschenkels gleiten. Als er den Finger zu seinem Mund führte, klappte meiner auf, während ich beobachtete, wie er die Feuchtigkeit ableckte.

„Mmm, süß. Genau wie ich dachte."

Tränen blieben mir in der Kehle stecken. „Es...es tut mir leid", stammelte ich und versuchte, zurückzutreten. Dash packte meine Hüften und zog mich nach vorne und ich hatte keine andere Wahl, als mein Knie auf den Stuhl neben seinen von einer Hose bedeckten Schenkel zu stellen. Ein weiteres kurzes Ziehen und mein anderes Bein war auf ähnliche Weise auf der anderen Seite platziert. Meine schwingenden Brüste waren nur wenige Zentimeter von seinem Mund entfernt.

„Du sollst feucht sein. Du sollst sogar tropfen. Das ist ein Zeichen dafür, dass dein Körper uns will, dass er ficken will. Also auch wenn dein hübscher rosa Mund Nein sagt, sagt dein Körper Ja."

„Es...es ist also alles in Ordnung mit mir?", fragte ich immer noch verunsichert.

„Ja, du bist perfekt." Dashs Worte ließen meine Sorgen verfliegen. „Ich würde dich ja fragen, ob dir Connors Finger auf deiner Pussy gefallen hat, aber wir wissen die Wahrheit. Wir werden dich jetzt dort berühren und dich für meinen Schwanz vorbereiten."

Connor lief hinter mich und ich spürte seine Finger auf meiner Haut, seinen Unterarm an meinem Hintern. Dashs Hand – mit der Handfläche nach oben – streichelte mich vorne. Gemeinsam berührten sie mich überall. Die Lippen meiner Weiblichkeit wurden gestreichelt, dann geteilt und ein Finger – ich wusste nicht wessen Finger – fand diese Stelle, meinen *Kitzler*, die pochte und pulsierte und mich dazu brachte, mich höher auf meine Knie zu stemmen. Der Finger streichelte und umkreiste diese Stelle, bis sich ein zweiter Finger dazu gesellte, diesen empfindlichen Knubbel drückte und dann zwickte. Während dies geschah, umkreiste ein weiterer Finger meine Öffnung und tauchte nach innen. Ich konnte nicht still bleiben. Es war wahrhaftig unmöglich.

„Oh, guter Gott", flüsterte ich.

Meine Hüften bewegten sich von allein und ich spürte, wie ein Schweißfilm meine Haut überzog. Nichts war mehr wichtig, außer die Empfindungen, die sie meinem Körper entlockten. Nichts existierte, außer meiner Pussy und dem, was Connor und Dash mit ihr machten.

Das Vergnügen baute sich auf und auf und ich wurde wild. Ich wusste nicht, wann ich meine Hände auf Dashs Schultern gelegt hatte, aber ich hielt mich fest und grub meine Finger in die harten Muskeln. Der Finger in mir begann sich zu bewegen, raus und dann rein, wieder und wieder.

„Ah, da ist ihr Jungfernhäutchen. Es ist nicht sehr weit drinnen."

Keine der Hände hörte mit den Bewegungen auf und ich dachte nicht darüber nach, was Connor gesagt hatte.

„Durchbreche es", erwiderte Dash. „Ich will keinen Schmerz auf ihrem Gesicht sehen, wenn sie auf meinen Schwanz sinkt."

Der Finger auf meinem Kitzler fing an, schneller zu kreisen.

„Ein bisschen Schmerz, Mädel, und dann keiner mehr."

„Was? Ich – ah!", schrie ich, als Connors Finger vollständig in mich glitt. Ich spürte, wie mein Jungfernhäutchen zerriss und plötzlich ergaben ihre Worte Sinn. Meine Hüften hielten inne, da ich so tief mit Connors Finger gefüllt war. Auch wenn ich mich nicht bewegte, so hörte sein Finger nicht damit auf, glitt rein und raus und dann wurde einer von zweien ersetzt und dehnte mich weit.

Es hatte wehgetan, aber nur kurz, nicht viel schlimmer als ein kurzer Stich. Das Gefühl seiner zwei Finger tief in mir war allerdings nicht gerade angenehm.

„Sie ist so verdammt eng", knurrte Connor.

Eng. Das war das Wort. Meine Muskeln waren nicht daran gewöhnt, geteilt und geöffnet zu werden, wie sie es gerade waren, aber es war nicht von Bedeutung, nichts war von Bedeutung, als Dash etwas anderes mit meinem Kitzler machte.

„Oh!"

Dash grinste spitzbübisch. „Hab keine Angst vor den Empfindungen, Liebling. Lass uns dich zum Höhepunkt bringen. Wir werden nicht zulassen, dass dir irgendetwas passiert."

7

EBECCA

Er summte schon fast für mich, als die zwei Männer meine Pussy auf eine Weise bearbeiteten, die mich rasend werden ließ. Ich kniff die Augen fest zusammen, mein Gesicht verzog sich verzweifelt, ein Bedürfnis in mir war so groß, dass ich es kaum ertragen konnte. „Ich...ich weiß nicht wie. Was ist...? Dash, bitte!"

Beide Männer mussten meinen Frust gespürt haben, da sich die zwei Finger in mir krümmten und über die inneren Wände meiner Weiblichkeit glitten, über irgendeine Stelle, irgendeinen empfindlichen Punkt strichen, der dafür sorgte, dass meine Augen aufflogen und mein Atem in der Kehle stecken blieb. Das Vergnügen überwältigte mich, während ich Dash überrascht ansah. Es fühlte sich an wie die Feuerwerke, die ich auf einem Ball in London gesehen hatte, heiß und hell und voller Funken. Es überwältigte mich und ich konnte meinen abgehackten Atem hören, spüren, wie mein Körper zuckte und sich unter ihren geschickten Fingern wand. Sie fuhren fort, zu streicheln und zu kreisen, bis auch die letzten Spuren des Vergnügens verebbten und mich schlaff und unglaublich befriedigt zurückließen.

„Was...was war das?", fragte ich und leckte über meine trockenen Lippen.

„Du bist gekommen und das wunderschön." Dash umfasste meine Hüften und begann mich auf seinen Schwanz zu senken, während er mit mir sprach. Ich spürte meine glitschige Essenz, mit der seine Finger bedeckt waren, auf meinen Hüften. „Connor hat dein Jungfernhäutchen bereits durchbrochen, also werde ich direkt in dich gleiten."

Vorsichtig rutschten Connors Finger von mir und die Hände auf meinen Hüften hoben mich hoch, zogen mich nach vorne und senkten mich dann wieder nach unten, bis ich etwas Großes und Stumpfes an meinem Eingang spürte.

Connor bewegte sich vor mir und hielt die zwei Finger hoch, die sich in mir befunden hatten. Sie glänzten, waren feucht und leicht rötlich gefärbt. Mir wurde bewusst, dass das mein Jungfrauenblut war. Ich konnte spüren, wie meine Wände gedehnt und geöffnet wurden, als eine breite Spitze nach innen drang.

„Du bist zu groß", erklärte ich Dash, während ich schwer atmete.

Dash schüttelte seinen Kopf. „Nein, Mädel. Ich werde reinpassen. Erinnerst du dich an die Stelle, die Connor in dir berührt hat, die Stelle, die dich zum Schreien gebracht hat?"

Ich wäre vor Scham errötet, aber ich konnte nicht, da ich tatsächlich nie den Eifer und das Vergnügen, die mir meine Hemmung genommen hatten, verloren hatte.

„Mein Schwanz wird gegen diese Stelle stoßen." Er hob und senkte mich, führte seinen Schwanz jedes Mal tiefer und tiefer in mich. Und als er diese Stelle berührte, weiteten sich meine Augen und ich drückte meine Hüften von selbst nach unten. Er glitt fast vollständig in mich und Dash zischte, während ich stöhnte. Ich war so voll, so gedehnt.

„Lehn dich zurück, Liebling", knurrte Dash. Ich tat, wie gebeten und er drang mühelos das letzte Stück in mich ein, sodass ich komplett auf seinem Schoß saß. Ich konnte den Stoff seiner Hose an der Rückseite meiner Schenkel fühlen. Er hatte nur seine Hose geöffnet, wohingegen ich komplett nackt war.

Connors Hände griffen von hinten um mich und umfassten meine Brüste. Finger rieben über die Nippel.

„Reite mich, Rebecca", wies Dash mich an.

„Wie?", fragte ich.

„Nimm mich auf einen Trab. Hoch und runter."

Ich dachte an die langsame Geschwindigkeit eines Pferdes und stemmte mich auf die Knie, wodurch sein Schwanz aus mir glitt, nur die breite Spitze blieb gerade noch in mir. Als ich mich nach unten senkte, drang er wieder in mich ein.

„Oh", schrie ich.

„Ja. Oh", wiederholte Dash. „Ein Trab, Liebling."

Da begann ich mich langsam zu bewegen, hoch und runter, wobei ich jeden Zentimeter seines Schwanzes spürte und ich liebte es, wie er über jeden fantastischen Zentimeter in mir strich und rieb. Es gab keinen Schmerz, nur Vergnügen.

„Jetzt leichter Galopp."

Während ich begann mich ein wenig schneller zu heben und zu senken, hielt Connor meine Brüste fest, umfasste und stützte sie, da sie ansonsten gehüpft wären. Das

Vergnügen baute sich wieder auf und ich spürte, dass Dashs Hemd unter meinen Handflächen feucht wurde. Ich war genauso erhitzt, genauso bedürftig wie zu dem Zeitpunkt, als sie mich mit ihren Fingern liebkost hatten. Schon bald war ein leichter Galopp nicht genug und ich fing an, mich schneller zu bewegen, nach vorne zu schaukeln und mich selbst, sowie meinen Kitzler an seinem Körper zu reiben.

„Galopp", befahl er mit lauterer, rauerer Stimme.

Mein Körper brauchte keine Anweisungen mehr, da er instinktiv schneller wurde, verzweifelt darum bemüht, den gleichen Gipfel wie zuvor zu erreichen.

„Komm, Liebling, komm auf meinem Schwanz."

Auf seine Worte hin tat ich, worum er bat. Ich wusste nicht, ob ich es tat, weil er mir erlaubte, das Vergnügen zu fühlen oder weil ich, als er sprach, dort war, genau an dem Gipfel. Vielleicht war es beides, aber es war nicht wichtig. Während ich kam, zog ich mich um seinen Schwanz zusammen und dieses Mal waren die Empfindungen noch intensiver. Ich liebte es, gefüllt zu sein, das Verlangen Dash in mir zu haben, war so groß, so heiß, so...*richtig*. Ich schrie. Ich konnte es nicht aufhalten, denn während Dash seine Hüften in mich stieß, zog Connor an meinen Nippeln, dann zwickte er sie schmerzhaft und es fühlte sich...so gut an.

Dashs Schwanz schwoll in mir an, als er sich versteifte, stöhnte er, seine Hände umklammerten meine Hüften fest. Durch verschwommene Augen konnte ich beobachten, dass er sein eigenes Vergnügen gefunden hatte. Ich fiel nach vorne, unfähig mich länger aufrecht zu halten, meine Wange drückte gegen den weichen Stoff seines Hemdes. Ich konnte sein rasendes Herz hören und seinen abgehackten Atem spüren, der sicherlich zu meinem passte.

Eine Hand streichelte über meine Wirbelsäule hoch und

runter und ich spürte Küsse auf meiner Schulter. „Jetzt bin ich dran, Mädel."

Dash drückte mich zurück in eine sitzende Position, dann hob er mich langsam hoch, sodass ich von seinem Schwanz gehoben wurde. Als er aus mir glitt, tropfte ein Schwall heißer Flüssigkeit aus mir. „Hab keine Angst, Liebling. Das ist mein Samen und ich versichere dir, dass es viel war." Ich blickte zu ihm hoch und er grinste. „Der Anblick deiner Pussy mit meinem Samen macht mich wieder hart."

Sein Schwanz, der ein bisschen erschlafft war, wurde vor meinen Augen wieder größer.

„Ich bin als nächstes dran", knurrte Connor. „Leg deine Hände auf die Stuhllehne hinter Dashs Schultern."

Das tat ich und ich positionierte mich so, dass sich meine Brüste direkt über Dashs Gesicht befanden. Connors Hände packten meine Hüften und zogen sie nach hinten, sodass sich eine Brust direkt in Dashs offenen Mund senkte.

„Beweg dich nicht, Mädel. Wenn wir Pferdebegriffe benutzen, dann bin ich dein Hengst und ich werde dich wie eine rossige Stute vögeln."

Mir blieb kein Moment, um das in Frage zu stellen, da ich bereits Connors Schwanz an meinem Eingang – meinem sehr feuchten Eingang – spürte und er in einem langen, langsamen, mühelosen Stoß direkt in mich eindrang. Ich wölbte meinen Rücken und er rutschte sogar noch tiefer. „Ah, Mädel, das ist der Himmel auf Erden. Du darfst wieder kommen. Ich will spüren, wie du dabei meinen Schwanz strangulierst."

Dash biss sanft auf meinen Nippel und meine inneren Wände drückten Connors Schwanz. „Mach das nochmal. Ich glaube, sie mag ein bisschen Schmerz."

„Oh?", fragte Dash, kurz bevor er mich vorsichtig biss.

„Oh!", wiederholte ich, aber in einem völlig anderen Tonfall.

„Hör nicht auf, Dash, denn ihr gefällt es sehr."

Connor, der meine Hüften fest packte, begann, mich leidenschaftlich zu nehmen. Seine Hüften bewegten sich wie ein Kolben, rein und raus in einem beständigen, zielstrebigen Tempo. Von hinten von einem Schwanz gefüllt zu werden, war völlig anders. Er war in der Lage, so tief in mich zu stoßen, dass das Klatschen seiner Hüften gegen meinen Hintern schon fast grob war. Dieses Mal war es leicht, zu kommen. Ich war eindeutig aufgewärmt und ich wusste genau, wie sich das Vergnügen anfühlte...und ich wollte es. Oh, ich wollte es so sehr.

Dieses Mal wurde mir das Vergnügen allerdings nicht durch ihre Sanftheit entlockt, sondern vom Gegenteil. Der leichte Schmerz, weil ich so grob genommen wurde, brachte mich zum Höhepunkt, wobei sich meine inneren Wände um Connors Schwanz zusammenzogen. Connor fickte mich, während mich das Vergnügen durchflutete, sein Tempo beschleunigte sich noch mehr, bis die glitschigen, feuchten Geräusche des Fickens die Luft füllten. Der Geruch wirbelte um uns.

„Meine Güte", stöhnte Connor, während ich spürte, dass mich sein Samen füllte. Er war heiß und pulsierte und ich spürte ihn tief in meinem Schoß.

Dash gab meinen Nippel mit einem lauten 'Plopp' frei und setzte sich zurück, sein Kopf ruhte auf dem Kissen. Meine Hände umklammerten mit aller Kraft den Stuhl und als sich Connor aus mir zog, ließ ich immer noch nicht los.

„Ah, Mädel, das ist der perfekte Anblick, genau wie es Dash gesagt hat. Deine Pussy ist ganz rot und wunderbar geschwollen, bedeckt mit unserem Samen." Seine Hand umfasste meine Pussy von hinten und ich zischte. Auch wenn es sich gut anfühlte, war ich wund und ich fühlte mich gut benutzt. Seine Handfläche bewegte sich sanft, verteilte den Samen auf meinem heißen Fleisch. Er ließ seine Finger nach hinten und über meinen Hintereingang gleiten. Es war diese Berührung, diese dunkle, unanständige Berührung, die dafür sorgte, dass ich meinen Griff lockerte und mich auf die Knie drückte.

„Connor!"

„Wir werden dich auch hier nehmen, Mädel." Er küsste meine feuchte Schulter, während ein feuchter Finger über meine enge Rosette strich. „Wir werden dich gemeinsam nehmen, deine zwei Ehemänner werden dich ficken. Bald, aber fürs Erste haben wir dich erschöpft."

Seine Hand entfernte sich und er hob mich in seine Arme. Dash stand auf und folgte uns, als Connor mich durch den Flur in das Schlafzimmer trug. „Schlaf und dann werden wir dich wieder ficken."

8
___

ASH

REBECCA SCHLIEF IN MEINEM BETT. Ihre Haare, so gerade und dunkel, waren auf meinem Kissen ausgebreitet und ich wusste, dass ich niemals wieder ihren Duft von dem Kissen – oder aus meinem Gedächtnis – bekommen würde. Sie war alles, was wir gewollt hatten und noch mehr. Wir schlichen aus dem Zimmer und Connor zog die Hose, die er auf dem Boden in der Stube zurückgelassen hatte, an. In der Küche stellte ich die Kaffeekanne auf den Herd und entfachte dann die Glut von neuem. Connor brachte von der hinteren Veranda Holz herein und reichte mir ein Stück, damit ich es ins Feuer legen konnte.

„Sie ist bemerkenswert", sagte er, während er an der Tür lehnte. Auch wenn es jetzt noch warm war, so ging die Sonne doch immer früher unter und die Abende waren kühl. Die frische Luft, die darauf hindeutete, dass der

Winter vor der Tür stand, machte sich draußen breit. „Trotz ihrer Erziehung."

Ich erhob mich und holte zwei Tassen. „Ihr Vater klingt wie ein Arschloch, lässt sie einfach mit sechs Jahren in einem Internat zurück. Und auf was für eine beschissene Schule hat er sie geschickt?"

„Montgomery hat wohl nicht gewusst, wohin sie geschickt worden war oder was der Mann tun würde", entgegnete er.

„Sie hatten nicht den gleichen Vater, also hat er nicht zwingend von der Grausamkeit des Bastards gewusst. Montgomery hätte sie nicht in einer Schule gelassen, wo sie *geschlagen* wurde. Gott sei Dank, hat er sie vor dem Grafen gerettet. Sie hierher zu bringen, war vielleicht die einzige Möglichkeit, die ihm eingefallen ist, um sie zu retten."

Ich zuckte bei meinen eigenen Worten mit den Achseln, da die einzige Person, die eine Antwort darauf hatte, tot war.

Ich schnappte mir ein Tuch, hob die Kanne hoch und schenkte den Kaffee in die Tassen. Connor nahm seine und wir gingen nach draußen auf die Veranda. Die Bridgewater Ranch breitete sich vor uns aus, so weit das Auge reichte. „Denkst du, sie wird hier glücklich werden? Sie ist nicht wie Ann, Emma, Laurel oder sogar Olivia. Sie kommt nicht aus dem Territorium. Zur Hölle, sie ist britischer als Rhys."

Connor grinste, blies auf seinen Kaffee und trank dann einen Schluck. „Sie ist sehr leicht erregbar."

Mein Schwanz regte sich, als ich an sie dachte, ihren Gesichtsausdruck, das Gefühl ihrer Pussy, die sich um meinen Schwanz zusammenzog, während sie kam. „Sie ist durch und durch prüde, bis ein Schwanz in ihr steckt."

„Ja, also werden wir die Prüderie aus ihr rausvögeln."

Ich war mir nicht sicher, ob es so einfach sein würde, aber das musst es auch nicht unbedingt sein. „Über ein

Jahrzehnt eingebläute Sittsamkeit, Anstand und das angemessene Verhalten einer wahren viktorianischen Braut werden nicht so einfach auszulöschen sein. Wir haben gesehen, wie sie es bekämpft hat."

Connor schüttelte seinen Kopf. „Nein, das stimmt, aber es wird für uns alles amüsant werden. Ich glaube nicht, dass wir sie mit Samthandschuhen anfassen dürfen. Sie wird von ihren Männern eine festere Hand benötigen."

Ich wusste, was er meinte. Rebecca reagierte auf leichte Schmerzen, auf Aggression und sanfte Befehle und das bereits während ihrem ersten Sex. „Um sie herumzukriegen, werden wir vielleicht einen etwas... ungewöhnlicheren Ansatz verfolgen müssen. Stimmst du zu?"

Connor nickte. „Ja."

Eine Stunde später hörte ich, wie der Deckel von Rebeccas Koffer geöffnet wurde. Ich trat von der Veranda und fand sie in das Laken von meinem Bett gewickelt in der Diele. Ihre Haare hingen offen über ihren Rücken. Sie war ein entzückender Anblick, wie sie da in mein Bettlaken gewickelt vor mir stand – sie erinnerte nicht mehr an die steife Frau, die vor dem Mittagessen hier angekommen war.

„Hast du dich gut ausgeruht?", fragte ich.

Sie wirbelte beim Klang meiner Stimme auf ihren nackten Füßen herum. Ihre Wangen erröteten hübsch, weil sie ertappt worden war. „Ja, ich...ich wollte nur ein paar Kleidungsstücke anziehen."

Ich schüttelte langsam meinen Kopf. „Connor hat die Pferde zum Stall gebracht, aber sollte bald zurück sein. Ich weiß, ihm wird es nicht gefallen, dich wieder bekleidet zu sehen."

Ihre Augen weiteten sich. „Erwartest du etwa, dass ich nur das Laken trage?"

Ich trat einen Schritt auf sie zu, ergriff den langen Stoffstreifen und zog ihn von ihrem Körper weg. Sie quiekte überrascht auf und bedeckte sich, obwohl ihre vollen Kurven zu groß waren, um sie mit ihren Händen verbergen zu können. Sie musste nach dem Aufwachen die Strümpfe ausgezogen haben, da ihre langen Beine nackt waren. Ich war daran gewöhnt, dass Frauen ihre Sexualität nutzten, um zu bekommen, was sie wollten. Wir waren keine armen Männer. Bridgewater war für seinen Reichtum bekannt. Nicht nur die Damen in Roses Bordell waren keck und direkt und packten meinen Schwanz, als wäre er der Schlüssel zu einem Bankschließfach. Dreiste Frauen aus der Stadt hatten mich sogar bereits ein oder zweimal fast in eine kompromittierende Position gebracht.

Rebecca stammte jedoch aus einer Familie, die nicht nach Reichtum suchen musste, da sie bereits selbst darüber verfügte. Sie war auch nicht begierig darauf, meinen Körper zu erobern, das Gegenteil war der Fall. Sie hatte nicht einmal Anspruch auf mich erhoben – ihr Bruder hatte das getan. Also war es erfrischend zu wissen, dass Rebeccas weibliche Handlungen ohne Hintergedanken waren. Ihre Unschuld veranlasste meinen Schwanz dazu, sich zu regen.

„Nein. Wir erwarten, dass du nackt bist."

„Nackt?", wiederholte sie. „Ich kann nicht nackt durch das Haus laufen."

„Natürlich kannst du das. Hier gibt es nur uns drei."

„Jemand könnte vorbeikommen wie Mr. Quinn. Es leben einige Leute auf der Ranch. Überall sind Fenster. Der andere Koffer könnte angeliefert werden."

„Quinn sagte, dass Mr. Arnold ihn morgen vorbeibringen wird", widersprach ich. Ich bezweifelte, dass der Mann ihn heute bringen würde, wenn er Quinn etwas anderes erzählt hatte. Denn für sein Geschäft war es wichtig, dass er sein Wort hielt.

„Es ist unsittlich!"

„Nein. Es ist unser Wunsch und was Sittsamkeit betrifft, so sind wir deine Ehemänner und zwischen uns gibt es keine Sittsamkeit."

„Meine Brüste", begann sie, blickte dann weg und biss auf ihre Lippe.

„Ja?", fragte ich. Ich erkannte, dass ihr diese Sache wichtig war, also wartete ich geduldig darauf, dass sie weitersprach.

„Sie sind sehr groß und...schwer."

Ich warf einen Blick auf ihre Brüste und stimmte ihr zu. Sie hatten die hellste Farbe, waren voll und wie Tränen geformt, ihre Nippel groß und momentan plump und mit reizenden Spitzen. Ich erinnerte mich daran, wie sie sich an meiner Zunge angefühlt hatten, ihren Geschmack.

„Ich muss ein Korsett tragen...aus Gründen der Bequemlichkeit."

Auch wenn ich sie nackt haben wollte, damit ich ihren perfekten Körper betrachten konnte, standen ihre Bedürfnisse an erster Stelle. „Na schön. Bring mir ein Korsett und ich werde dir helfen, es anzulegen."

Erleichterung vertrieb die Anspannung in ihren Schultern, während sie sich umdrehte und ein Korsett holte, das blütenweiß war und einen Spitzensaum hatte. Ich nahm es ihr ab, während sie mir den Rücken zukehrte. Während ich ihre langen Haare über eine Schulter schob, küsste ich ihre Haut dort und bewunderte ihren langen Hals und

Rücken, ihre Wirbelsäule und die runden Wölbungen ihres Arsches.

Während ich sie im Genick küsste, legte ich das Korsett um ihre Vorderseite und nachdem sie es zurechtgerückt hatte, verstaute ich ihre Brüste bequem darin. Meinen Kopf hebend knotete ich die Schnüre zu. „Ich werde es nicht so festbinden wie es deine Anstandsdame heute Morgen getan hat. Das ist nicht gesund."

„Aber ich brauche eine schmale Taille", widersprach sie.

Ich zog an den Schnüren, straffte sie von unten nach oben. „Nein. Deine Taille ist perfekt." Das Korsett lang eng an ihr, aber nicht zu eng, während ich die Bänder oben zusammenband. „Und Atmen ist gesund."

„Hallo!", rief Connor aus der Küche.

„Hier drinnen", antwortet ich ihm. Ich hörte seine Schritte auf dem Holzboden, bevor er sich in der Diele zu uns gesellte. Rebeccas Koffer würde später in mein Zimmer wandern, aber fürs Erste war es besser, dass ihre Kleidung nicht leicht zugänglich war, da ich meine Worte ernst gemeint hatte. Wir wollten nicht, dass sie sie trug, zumindest nicht heute. Es hatte einiges an Überredungskunst benötigt, um sie das erste Mal zu entkleiden und ich wollte diesen Vorgang nicht noch einmal wiederholen.

Connor lächelte Rebecca an und ging direkt zu ihr, umfasste die Seite ihres Gesichtes und küsste sie stürmisch. Als er sie freigab, waren ihre Wangen hübsch gerötet.

„Nach Hause zu kommen und meine Frau nackt und für einen solch süßen Kuss verfügbar zu haben, ist eine tolle Sache." Während er mit dem Finger über die wundervolle Wölbung ihrer Brüste und den zarten Spitzensaum ihres Korsetts fuhr, fragte er: „Was ist das?"

„Es ist unbequem für sie, wenn ihre Brüste nicht gestützt

werden, also erlaube ich ihr, das Korsett zu tragen", erklärte ich Connor.

„Ja. Ich muss dich wieder küssen, Mädel. Ich sehne mich nach deinem Geschmack." Er senkte seinen Kopf und küsste sie wieder. Dies war kein kurzer Kuss, wie sie ihn am Altar ausgetauscht hatten. Dieser war sinnlich. Seine Zunge glitt in ihren Mund und er umfasste wieder ihr Gesicht, damit er ihren Kopf nach seinen Wünschen neigen konnte. Es war ein Zeichen seines Besitzanspruches. Er trat zurück, Rebeccas Augen öffneten sich flatternd und blickten uns mit dem neu gefundenen Verlangen verträumt an.

Connor streckte einen Arm aus, damit ich ihm den Leinensack abnehmen konnte, den er bei Rhys abgeholt hatte, dann tauchten seine Finger in die Vorderseite von Rebeccas Korsett und zogen ihre Nippel über den obersten Spitzensaum. Er nahm einen Nippel in seinen Mund und leckte darüber, dann den anderen, wodurch sich beide zu harten Spitzen aufrichteten. „Da. Das ist viel besser."

Rebeccas Mund klappte auf, als sie an sich selbst hinabsah.

„Wir wollen, dass du nackt bist und dich wohl fühlst."

„Wie lange muss ich unbekleidet bleiben?"

„Bis Morgen", antworteten Connor und ich gleichzeitig.

„Es ist an der Zeit, sich um dich zu kümmern und dann zu Abend zu essen." Connor streckte seine Hand aus. „Komm."

Wir hatten sie durcheinandergebracht. Ihr Mund öffnete und schloss sich, als ob sie ein Fisch wäre und kein Wort kam heraus. Während Connor sie in die Küche führte, folgte ich ihnen und bewunderte den Anblick. Ihr Arsch war rund und kurvig und ich erinnerte mich daran, wie er sich in meinen Händen angefühlt hatte und an die weiche Haut. Ich erinnerte mich ebenfalls an den Anblick ihrer perfekten

Pussy, wie sie ganz feucht gewesen und Samen aus ihr getropft war, ihre kleine Rosette direkt darüber, als sie nach vorne gebeugt gewesen war. Sie hatte sich sofort zusammengezogen, als ich mit dem Finger darüber geglitten war, aber sie hatte nicht nur überrascht, sondern auch erregt gekeucht. Deshalb wusste ich, dass sie dort empfindlich und leicht zu erregen sein würde. Ihre Nippel waren sehr empfindlich und sie war ziemlich leidenschaftlich, wenn sie erst einmal vergaß, prüde und sittsam zu sein. Es würde eine Freude sein, ihren Arsch zu trainieren, genauso wie den Rest von ihr.

Die Küche war groß. Ein Küchentisch stand unter einem großen Fenster, das den Blick auf die Prärie und die Berge in der Ferne freigab. Connor zog einen Stuhl aus dem Weg und hob Rebecca auf den Holztisch. Sie versuchte, wieder herunterzurutschen, aber Connor ließ es nicht zu.

„Ich kann hier nicht nackt sitzen! Hier isst man."

„Mach dir keine Sorgen, Liebling, wir werden essen", erklärte ich ihr, während mir das Wasser im Mund zu liefen, weil ich gleich von ihrer Pussy kosten würde.

9

ASH

„Du wirst hier nicht nur sitzen, sondern dich auch zurücklegen und deine Füße aufstellen", befahl Connor.

„Warum verhaltet ihr euch so? Ich dachte, ihr habt gesagt, ihr wärt ehrenhaft? Ihr seid fordernd und drängt mir eure perversen Sitten auf." Sie verschränkte ihre Arme vor der Brust, während sie ihr Kinn nach oben reckte. Keine ihrer Handlungen sorgte dafür, dass sie herrisch oder souverän wirkte, weil ihre Nippel über ihren Unterarmen hervorblitzten und ich das dunkle Haarbüschel zwischen ihren Schenkeln sehen konnte.

„Du unterliegst diesem Irrglauben, dass das, was wir mit deinem Körper tun, pervers ist", sagte ich, während ich selbst die Arme vor der Brust verschränkte. Connor stellte sich neben mich und sie musste von ihrer Position auf dem Tisch zu uns hochschauen. „Du unterliegst auch dem Irrglauben, dass das, was wir mit deinem Körper tun, nicht ehrenhaft ist. Wir haben dich geheiratet, Liebling. Wir beide. Wir haben dir unser Leben, unseren Reichtum, unsere Körper, einfach alles versprochen. Wenn wir nicht ehrenhaft wären, würden wir all das tun und dich im Bordell in der Stadt zurücklassen."

Ihr Mund klappte bei meinen unverblümten Worten auf.

„Es ist unsere Aufgabe, deine Ansichten zu ändern und dir das Verständnis zu vermitteln, dass das, was wir gemeinsam tun, gut und rein und ehrlich ist." Connor trat einen Schritt näher zu ihr. „Du magst uns deswegen im Moment nicht mögen, aber es geschieht zu deinem eigenen Wohl."

Anstatt zu versuchen, vom Tisch zu klettern, rutschte sie nach hinten, vielleicht um uns am anderen Ende zu entkommen. Vielleicht war es der Tonfall in unseren Stimmen oder die Art und Weise, wie wir aufrecht dastanden und die restliche Welt von ihrem Blick abschirmten, aber sie wusste, wir meinten es ernst.

Connor trat zurück, drehte sich auf der Ferse um und ging, um das Rasierzubehör zu holen.

„Zuerst werden wir deine hübsche Pussy rasieren." Ich packte einen ihrer Knöchel, wodurch ich sie davon abhielt zu fliehen, dann zog ich den Stuhl näher an den Tisch und setzte mich. Nachdem ich ihr anderes Bein gepackt hatte, zog ich sie zum Tischrand, während sie überrascht keuchte. Anschließend schob ich ihre Füße weit auseinander, sodass ihre Pussy vor mir offen und entblößt war.

Sie stemmte sich auf ihre Ellbogen, um mich anzusehen. „Was machst du da?", flüsterte sie, während sie sich umsah, weil sie dachte, wir würden sie auf diese Weise entblößen, wenn andere in der Nähe waren.

„Wie ich bereits sagte, deine Pussy rasieren." Ich fuhr

mit den Fingern über die seidigen, dunklen Haare, die ihren Venushügel bedeckten und ihr hübschen pinken Schamlippen verbargen. Getrockneter Samen klebte an ihnen und mein Schwanz pulsierte in meiner Hose, da ich wusste, dass er von Connor und mir stammte.

„Warum?", fragte sie.

„Weil wir deine hübsche rosa Haut sehen möchten", erwiderte ich. „Weil du zu uns gehörst. Deine Pussy gehört uns. Weil wir dich daran gewöhnen müssen, dass du uns deine Pussy zeigst, wann immer wir das möchten."

„Gebt mir Zeit und ich werde mich an die Vorstellung gewöhnen", entgegnete sie.

Ich schüttelte meinen Kopf. „Nein, wir wollen nicht, dass du dich an die Vorstellung *gewöhnst*, wir wollen, dass du uns deine Pussy zeigen *willst*. Wir wollen, dass du dich über den Tisch beugen und dein Kleid hochheben *willst*, damit wir dich ficken können. Im Stall wollen wir, dass du uns in eine Box führen *willst*, dich auf das frische Heu zurücklegst und deine Beine weit öffnest, damit wir das Gesicht zwischen sie legen können."

„Warum...warum würdet ihr das tun wollen?", fragte sie mit gehobener Augenbraue.

Connor kam zurück mit dem Rasierer, Pinsel und dem Seifenbecher in der Hand. „Hat es dir gefallen, als du gekommen bist, Mädel?"

Sie konnte nicht lügen, da sie ihr Vergnügen *drei* Mal hinausgeschrien hatte.

„Ja", flüsterte sie.

„Du wirst unsere Schwänze haben wollen. Du wirst gefickt werden wollen und du wirst darum betteln." Connor neigte seinen Kopf zu ihr. „Deine Pussy ist feucht, Mädel, ich kann es von hier sehen. Wie wir bereits gesagt haben, deinem Verstand mag es nicht gefallen, aber deinem Körper gefällt es, wenn wir die Kontrolle übernehmen."

Sie leckte ihre Lippen. „Ich habe euch erst heute Morgen kennengelernt. Wozu die Eile?"

„Es besteht keine Eile. Aber deine Pussy tropft, Liebling", antwortete ich. „Deine Pussy braucht keine Zeit, nur unsere Aufmerksamkeit und zwar ziemlich viel davon."

Connor reichte mir die Rasierwerkzeuge.

„Leg dich zurück, Liebling und beweg dich nicht. Wenn du ein braves Mädchen bist, werden wir dir danach auch eine Belohnung geben."

Ihre Augen verzogen sich zu Schlitzen. „Ich brauche keine Belohnung, als wäre ich ein kleines Mädchen."

Connor verschränkte seine Arme. „Ich verspreche dir, die Belohnung ist definitiv nicht für ein *kleines* Mädchen gedacht. Sie ist für ein *braves* Mädchen."

Sie schürzte ihre Lippen, musterte uns beide und legte sich dann zurück.

Connor umfasste ihre Taille und zog sie näher an den Tischrand. Ihre Füße standen weit auseinander und ihre Zehen krümmten sich um den Rand.

„Willst du abgelenkt werden?", fragte Connor, beugte sich über den Tisch und legte eine Hand neben ihren Kopf. „Ich werde dich ablenken."

Während Connor begann, Rebecca zu küssen und seine freie Hand nutzte, um mit ihren Nippeln zu spielen, befahl ich ihr: „Beweg dich nicht, Liebling."

Ich verteilte eine dicke Schaumschicht auf ihrem Venushügel und ihrer Pussy, dann machte ich mich daran, sie schnell und methodisch zu rasieren, während sie so ruhig, wie sie konnte, dalag, obwohl Connor ihre Nippel bearbeitete. Als ich fertig war, erhob ich mich und holte einen feuchten Lappen. Ich wischte über ihre nun glatte, rosa Haut und entfernte die letzten Seifenreste.

Connor hob seinen Kopf und stieß sich vom Tisch ab, um sich neben mich zu stellen und ihre nackte Haut zu betrachten.

Ich glitt mit meinem Finger über die jetzt glatte Haut und sagte: „Fühlt sich das nicht besser an? Du wirst ab jetzt so viel mehr spüren. Das ist nur mein Finger." Ich beugte mich nach vorne und fuhr mit der Zunge über die Stelle, die meine Finger liebkost hatten. So glatt, so weich. „Das ist meine Zunge."

Ihre Hüften bewegten sich und sie schrie auf.

„Deine Belohnung, Mädel, erhältst du von Dashs Mund."

Ich sah von meiner Position zwischen ihren gespreizten Schenkeln zu ihr hoch und an ihren aufgerichteten Nippeln vorbei. Sie stemmte sich wieder auf ihre Ellbogen, aber anstatt kratzbürstig und widerborstig zu sein, war sie gerötet und ihre Augen funkelten leidenschaftlich. „Sein Mund?"

Ihre Augen lagen auf Connor, also senkte ich meinen Kopf und glitt mit meiner Zunge über ihren Kitzler, der jetzt gemeinsam mit dem Rest ihrer sehr rosafarbenen, sehr weichen Pussy sichtbar war.

„Du kannst zusehen, wenn du möchtest. Sag ihm, was dir gefällt", fügte Connor hinzu. Er wandte sich ab, um die Rasierwerkzeuge wegzubringen und Rebeccas Augen begegneten meinen. Als ich über ihren Kitzler glitt und ihre Schamlippen mit meinen Daumen teilte, beobachtete ich sie. Ihre dunklen Augen weiteten sich überrascht, dann schlossen sich ihre Lider. Ich nahm mir die Zeit, jede Kurve, jede weiche Falte, jeden feuchten Zentimeter kennenzulernen. Ich drehte meine Hand, schob zwei Fingerspitzen in ihren Eingang, ließ sie nach innen gleiten und fickte sie langsam im Gleichklang mit meinen Zungenbewegungen auf ihrem Kitzler. Ich spürte unseren Samen tief in ihr, der ihren Kanal glitschig machte.

Ihre Atmung veränderte sich, wurde unbeständig und tief, ihre Oberschenkelmuskulatur zitterte. Ihr ganzer Körper spannte sich an, während ich sie verwöhnte. Ihr Kopf schlug auf dem Tisch von links nach rechts.

„Ich kann nicht", schrie sie. „Ich kann nicht. Das ist nicht richtig. Ich sollte nicht – "

„Stopp", befahl Connor, wobei seine Stimme wie eine Peitsche durch den Raum knallte.

Rebecca unterbrach ihre Proteste und ich zog meine Finger und Mund von ihr. Mit der Rückseite meiner Hand wischte ich ihre Essenz von meinem Mund.

„Willst du kommen, Rebecca?" Connor benutzte ihren Namen, nicht Mädel, weshalb ich wusste, dass es ihm ernst war.

„Ja, ja, das will ich, aber nicht so." Ihre Stimme war atemlos und voller Verlangen und frustriert. „Nicht mit deinem...deinem Mund auf mir."

„Hat es dir nicht gefallen?", fragte ich.

Ich wusste, dass sie es gemocht hatte. Ich schmeckte ihr Verlangen, leckte es von ihrem Körper.

Sie nickte.

„Dann wirst du so kommen, mit meinem Mund auf dir. Du kannst entscheiden, ob es eine Belohnung oder Bestrafung ist."

Ich widmete mich wieder meiner Aufgabe und ließ nicht nach, bis sie sich wild auf dem Tisch wand. Obwohl ihr Verstand die Empfindungen bekämpfte, kam sie recht schnell zum Höhepunkt, was unsere Vermutungen bezüglich ihrer Leidenschaftlichkeit und Reaktionsfreudigkeit untermauerte.

Sie schrie ihr Vergnügen hinaus, dann brach sie auf dem Tisch zusammen.

Ich hob die Tasche, die Connor gebracht hatte, hoch und zog die verschiedenen Stöpsel, die Rhys angefertigt hatte, zusammen mit einem Glas Gleitmittel heraus. Ich öffnete das Glas und tauchte den kleinsten Stöpsel in die glitschige Salbe. Ohne darauf zu warten, dass Rebecca wieder ihre Sinne erlangte, legte ich eine Hand auf ihren Unterleib und hielt sie an Ort und Stelle, während ich die Spitze des Stöpsels an ihrem Arsch platzierte. Sie erschrak und Connor streichelte über ihre Stirn. „Schh", summte er. „Dash führt einen Stöpsel in deinen Arsch ein."

Ihr Körper zog sich zusammen und kämpfte gegen den eindringenden Stöpsel an. Mit einer Hand auf ihrem Bauch ließ ich meinen Daum nach unten wandern, um ihren Kitzler zu verwöhnen und ihren Körper zu entspannen, wenn auch nur kurz, was jedoch ausreichte, um die Spitze in ihre jungfräuliche Öffnung zu drücken.

„Warum?", keuchte sie, ihr Atem kam nur noch stoßweise.

„Weil wir dich hier nehmen werden, wir werden zur gleichen Zeit deinen Arsch und deine Pussy ficken."

„Jetzt?", fragte sie, drehte ihren Kopf und sah zu Connor hoch.

„Nein, Mädel. Wir müssen deinen Arsch dafür trainieren, uns aufzunehmen."

„Sie ist eng, Connor", bestätigte ich ihm.

Rebecca stöhnte, als ich den Stöpsel langsam in sie einführte. Er war ziemlich klein, vielleicht so dick wie mein kleinster Finger, aber für sie musste er sich recht groß anfühlen. Es würde ein wenig Zeit brauchen, sie so weit zu dehnen, dass wir sie beide erobern konnten, aber aufgrund ihrer Reaktionen auf ein wenig Schmerz zusammen mit

Vergnügen, vermutete ich, dass Analspielchen etwas waren, das ihr gefallen könnte.

Ich umkreiste weiterhin ihren harten Kitzler, woraufhin sie sich noch mehr entspannte und der Stöpsel vollständig in sie glitt. Der schmale Stöpsel erlaubte ihrem Körper sich fast vollständig darum zu schließen, nur das Ende blieb außerhalb von ihr, sodass ich ihn wieder hinausziehen konnte.

„Braves Mädchen", lobte ich sie. „Du hast deinen ersten Stöpsel so gut aufgenommen."

„Ich will es sehen", sagte Connor.

Ich erhob mich und trat aus dem Weg.

„Ah, Mädel du bist wieder tropfnass." Connor konzentrierte sich direkt auf die Stelle zwischen ihren Beinen, dann ließ er sich schwer auf den Stuhl fallen, den ich freigegeben hatte. Sie versuchte, ihre Beine zu schließen und sich aufzusetzen, aber Connor erlaubte es ihr nicht. Er zog einmal am Ende des Stöpsels und sie keuchte, ihre Augen wurden groß. „Gefällt es dir, dass dein Arsch gefüllt ist?"

Sie schüttelte ihren Kopf, aber sagte nichts. „Ah, Mädel, dein Körper lügt nie." Er streichelte mit einem Finger, der von ihrer Erregung ganz feucht war, über ihren Innenschenkel und glitt dann in ihren engen Kanal.

„So gierig, Mädel. Du drückst meinen Finger. Musst du wieder kommen? War Dashs Mund nicht genug für dich?"

„Ich...ich – "

„Schh, es ist alles in Ordnung, Mädel. Wir wissen, was du brauchst." Connor stand auf und öffnete die Vorderseite seiner Hose, sein erigierter Schwanz fiel in seine Handfläche. „Einen großen Schwanz."

Er trat nach vorne und brachte sich vor ihrer sehr begierigen Öffnung in Position. Langsam, weil sie einen

Stöpsel in ihrem Arsch hatte, drang er bis zum Anschlag in sie ein. Rebecca schrie auf und Connor stöhnte. Er lehnte sich nach vorne, legte wieder einmal eine Hand neben ihren Kopf, beugte sich nach unten und küsste sie, während seine Hüften sich langsam zu bewegen begannen.

„Mit diesem Stöpsel in deinem Arsch bist du so eng, Mädel", flüsterte er. „Stell dir vor, wie es sein wird, wenn ich in deiner Pussy bin und Dash deinen Arsch fickt."

Sie stöhnte und drückte ihren Rücken durch.

„Das ist es, Mädel. Nimm es. Nimm, was ich dir gebe, was Dash dir gibt."

Und das tat sie. Es war wunderschön zu sehen, wie sie sich ergab, zu beobachten, wie sie ihre Knie anhob, um sie gegen Connors Hüften zu drücken, ihre atemlosen Schreie zu hören, zu beobachten, wie ihr Körper steif wurde, während sie lustvoll keuchte. Connor kam schnell zum Höhepunkt, da sie unglaublich eng sein musste. Ihre Stirn küssend glitt er langsam aus ihrem Körper, erhob sich und atmete laut aus. „Fuck", murmelte er, während er seine Hose wieder anzog. „Sie ist unersättlich."

Rebecca senkte ihre Beine, sodass sie über den Tischrand baumelten, dann zischte sie, als der Stöpsel in sie stieß, führte ihre Hände zum Gesicht und begann zu weinen. All ihre Emotionen, die überschüssige Erregung mussten irgendwie raus und ihre Orgasmen waren nicht genug oder vielleicht waren sie zu viel. Connor zog sie hoch und in seine Arme, setzte sich mit ihr in einen Stuhl und hielt sie fest, ließ sie weinen. Es war ein kurzer Weinkrampf, der nur ungefähr eine Minute andauerte.

„Schh, wir sind so zufrieden mit dir. Dir geht's gut. Dash geht es allerdings nicht so gut. Schau, Mädel, schau."

Er zeigte auf meinen Ständer, der unangenehm gegen die Vorderseite meiner Hose drückte.

„Sieh nur, was du mit mir machst, Liebling." Ich öffnete die Vorderseite meiner Hose, zog meinen Schwanz heraus und umfasste die Wurzel. „Der Geschmack deiner Pussy hat mich hart gemacht. Deinen Arsch zu füllen hat mich härter gemacht. Zu beobachten, wie Connor dich gefickt hat, lässt mich fast in meiner Hose explodieren. Da deine Pussy sehr wahrscheinlich wund ist und du fürs Erste genug durchgemacht hast, kannst du jetzt zusehen, wie ich meinen Höhepunkt erreiche."

Ich begann, meinen Schwanz zu streicheln und einen vertrauten Rhythmus zu finden, ein Tempo, von dem ich wusste, dass es mir schon bald den Samen aus den Eiern ziehen würde.

„Du kannst...kommen, ohne dass du in mir bist?" Sie schniefte und lehnte ihren Kopf an Connors Brust. Sie saß nicht länger aufrecht, was ein gutes Zeichen war.

„Das können wir, aber das Gefühl deiner süßen Pussy, die den Samen aus meinem Schwanz drückt ist mit nichts zu vergleichen", erklärte Connor ihr. „Oder dein Mund. Genauso wie Dash dich mit seinem Mund zum Höhepunkt gebracht hat, kannst du einen Schwanz in deinen Mund nehmen und einen Mann zum Höhepunkt bringen."

Connor unterrichtete sie, während ich meinen Schwanz bearbeitete und rieb.

„Du kannst auch einen Schwanz in deine Hand nehmen und es tun."

„Warum sieht er aus, als würde es wehtun?", fragte Rebecca. Meine Hüften begannen in meine Faust zu stoßen, der Orgasmus baute sich am Ende meiner Wirbelsäule und in meinen Eiern auf. Sie zogen sich an meinem Körper zusammen.

„Es fühlt sich gut an, ein schmerzhaftes Vergnügen."

Ich packte das Handtuch vom Waschbecken und hielt es

direkt unter meinen Schwanz. Mit einem letzten Drücken kam ich, meine Hüften schossen nach vorne, während mein Samen auf das Tuch spritzte.

„Siehst du das? Es gibt so viel Samen, Mädel, so viel für dich."

Ich holte tief Luft, während sich die letzten Samentropfen aus mir ergossen, faltete das Handtuch und wischte die Spitze meines Schwanzes sauber. Ich warf einen Blick zu Rebecca, die auf Connors Schoß kuschelte, aber ganz von meiner kleinen Show verzaubert war, was mich zum Grinsen brachte. Ich war gut befriedigt und ich konnte einfach nicht anders.

„Hast du vor, mit irgendjemandem darüber zu reden, was ich gerade getan habe?", fragte ich sie mit hochgezogener Augenbraue.

Sie runzelte die Stirn und Connor glättete sie wieder mit einem Finger. „Nein, natürlich nicht. Es ist privat."

Ich hielt einen Finger hoch und grinste „Das stimmt, Liebling. Was wir tun, ist privat."

Sie war zuerst verwirrt, dann verstand sie es.

„Ich würde keiner Menschenseele davon erzählen, wie du aussiehst, wenn du kommst, oder wie du schmeckst. Diese Ehre gehört allein mir."

„Und mir", fügte Connor hinzu.

10

ONNOR

Ich wachte vor Rebecca auf, deren Kopf auf meiner Schulter ruhte und deren Körper an meine Seite geschmiegt war. Der Duft ihrer Haare, vielleicht Vanille, hatte mich aufgeweckt. Der Wind hatte in der Nacht zugenommen und da es nun dämmerte, konnte ich dicke, dunkle Wolken am Himmel sehen, während ich dem Wind lauschte. Das Schlafzimmer war kalt, da wir erst noch das Feuer entzünden mussten, um das Haus aufzuheizen. In der Nacht hatte sich Rebecca auf der Suche nach Wärme mir zugewandt und ich genoss das Gefühl ihrer Brüste, die sich an mich drückten, sowie das Bein, das sie über mich geworfen hatte und die Hitze ihrer Pussy an meinem Schenkel.

Ich benötigte all meine Willenskraft, um nicht den Schmerz in meinem Schwanz zu lindern, indem ich in sie eindrang. Aber Dash schlief hinter ihr, seine Vorderseite an ihrem Rücken und wir hatten sie gestern ziemlich gefordert, da wir nicht nur ihre Jungfräulichkeit genommen, sondern sie auch dazu gezwungen hatten, ein paar ihrer erlernten falschen Vorstellungen zu korrigieren. Sie hatte alles, was wir mit ihr gemacht hatten, in Frage gestellt, nicht weil sie dem Ganzen abgeneigt war, sondern weil sie nicht wusste, dass es überhaupt möglich oder erlaubt war.

Sie hatte uns von ihrer Zeit im Internat erzählt und ich wollte, die Direktorin finden, die die Schläge, die Rebecca erhalten hatte – die *Kinder* erhalten hatten – gutgeheißen hatte – und dann wollte ich das verdammte Lineal oder die Gerte, die sie genutzt hatte, ergreifen und sie damit schlagen. Ich wollte sie in die Schranken weisen, weil sie Hand an meine Braut angelegt hatte, selbst wenn das zu einem Zeitpunkt in ihrem Leben stattgefunden hatte, an dem ich sie noch nicht gekannt hatte. Ich wollte sie aber auch dafür zurechtweisen, weil sie Rebecca solch lächerliche Gedanken bezüglich der Aufgaben einer Ehefrau eingetrichtert hatte.

Dass wir nach unserer Zeit in Mohamir nicht nach Schottland zurückgekehrt waren, lag hauptsächlich an den grausamen Taten unseres befehlshabenden Offiziers, Evers. Wir hatten keine Wahl gehabt, aber ich vermisste die starren und schon fast prüden Vorstellungen, die die englische Gesellschaft gegenüber Frauen hegte, nicht. Ehemänner konnten eine Frau unbefriedigt, kalt und allein zurücklassen, während sie selbst in ein Bordell gingen, um ihre niederen Bedürfnisse zu befriedigen. Eine Ehefrau musste tugendhaft, frigide und treu sein. Ein Ehemann konnte alles sein, was er wollte, einschließlich unehrenhaft, so wie es mein eigener Dad gewesen war. Wohlhabend und von hoher Geburt hatte er meine Mutter wegen ihres Geldes geheiratet, das er mit seinem bereits großen

Vermögen verschmolz. Die einzige Verschmelzung, die außer dem Geld zwischen meinen Eltern stattfand, war die Nacht, in der ich gezeugt worden war. Ich erinnerte mich noch gut an die Frauen, die mein Vater mir, meiner Mutter, dem ganzen Land unbekümmert vorgeführt hatte.

Sie war dazu erzogen worden genauso fügsam wie Rebecca zu sein, aber es war mein Vater gewesen, der ihr beigebracht hatte, dass sie frigide war und einzig als Zuchtstute für seinen Erben taugte. Mich.

Was mein Vater getan hatte, was Rebecca gelehrt worden war, entsprach nicht unseren Sitten. Die Männer der Bridgewater Ranch verschrieben sich höheren Standards. Wir waren treu, besitzergreifend und sehr liebevoll. Im Gegenzug taten die Ehefrauen zu ihrer eigenen Sicherheit und auch für ihr Vergnügen, worum sie gebeten wurden. Wir waren nicht sittsam, wir waren nicht das kleinste bisschen keusch. Wenn eine Ehefrau Aufmerksamkeit benötigte, ließen wir sie nicht warten. Auch wenn mein Schwanz hart war, seit ich sie das letzte Mal gefickt hatte, so war Rebecca sicherlich wund und daher wurden meine Bedürfnisse hinter ihrem Wohlbefinden angestellt.

Sie war vielleicht nicht geneigt, Dash oder mir in Bezug darauf, wie sich eine Frau verhalten sollte, zu glauben, obwohl wir ihre Ehemänner waren und ihr Vergnügen der Beweis war, dass sie von unseren Befehlen profitierte. Daher würde ich die anderen um Hilfe bitten. Die anderen Damen würden ihre Sorgen verstehen und sicherlich die Schuld, die sie empfand, besänftigen, sowie ihre Verwirrung ein wenig auflösen. Vorsichtig kletterte ich aus dem Bett, um zur Scheune zu gehen, meine Aufgaben in Angriff zu nehmen und die Männer um die Hilfe ihrer Ehefrauen zu bitten. Da ich wusste, dass Dash bei Rebecca sein würde, wenn sie aufwachte, zog ich mich schnell an und ging nach unten, um den dickbäuchigen Herd in der Küche anzuheizen.

REBECCA

Connor war nicht bei uns im Bett, als ich aufwachte. Das empfand ich nicht als seltsam, da es die erste Nacht meines Lebens war, in der ich ein Bett geteilt und neben einem Mann aufgewacht war. Dash hatte mich auf meinen Rücken gerollt und mich wie verrückt geküsst, aber nicht mehr getan. Sie hatten am Abend diesen...diesen Stöpsel in meinen Hintern eingeführt und obwohl sie ihn nur solange in mir gelassen hatten, bis Connor mich...mich gefickt hatte, war ich dort so wund wie in meiner Pussy. Nach nur einem Tag mit Dash und Connor benutzte ich bereits ihre unanständigen Worte in meinen Gedanken!

Warum Dash mich nur geküsst und mir dann in mein Kleid geholfen hatte, war mir unklar. Sie waren am Tag zuvor so dreist und forsch mit mir umgegangen, dass ich überrascht war, dass er jetzt nicht mehr den gleichen...Eifer zeigte. Er war so aufmerksam, mir beim Ankleiden zu helfen und ich schwieg währenddessen, da ich mir Sorgen machte, dass er seine Meinung ändern könnte und mich zwingen würde, den gesamten Tag über unbekleidet zu bleiben. Wenn ich darüber nachdachte, konnte ich verstehen, dass sie mich, obwohl ich mich in meiner Nacktheit nicht wohl fühlte, unbekleidet haben wollten, weil es ihnen Vergnügen bereitete, was wiederum mir Vergnügen verschaffte.

Als Connor zum Haus zurückkehrte, waren Dash und ich bereit, um zu Kane und Ians Haus zu gehen.

„Dreh dich um, Mädel und leg deine Hände an die Tür."

Meine Augenbrauen schossen bei seiner Forderung in die Höhe, aber ich tat, wie geheißen.

„Ich will einen Blick auf deine Pussy werfen, bevor wir gehen."

Mein Körper erhitzte sich bei seinen verruchten Worten und ich schmolz förmlich an der Tür dahin. Er hob meinen Rocksaum hoch, seine Hand glitt über die Rückseite meines Beines und höher…höher, bis er den Rock an meiner Taille in seiner Faust ballte. Dash hatte mir nicht erlaubt, einen Schlüpfer anzuziehen und ich konnte die kühle Luft auf meinem erhitzten Fleisch spüren.

Seine Hand wanderte zwischen meine Schenkel und streichelte sehr sanft, sehr langsam über meine Pussy. Ich stieß meinen Hintern seiner Hand entgegen, bevor ich darüber nachdachte, wie dreist diese Aktion war. Er stöhnte an meinem Ohr, als er herausfand, wie feucht ich war.

„Siehst du, Mädel", sagte er. „Ich wusste, dass es dir gefallen würde, eine nackte Pussy zu haben. Ich liebe es, wie du deinen Rücken wölbst und sie mir präsentierst."

Ich legte meine Wange gegen das kühle Holz und schloss meine Augen bei der wundervollen Empfindung seiner Finger auf meinem gut benutzten Fleisch. Er hielt sich dort jedoch weder länger auf, noch brachte er mich zum Höhepunkt. Stattdessen entfernte er seine Hand und mein Kleid fiel zu meinen Füßen.

Ich öffnete meine Augen und sah ihn über meine Schulter hinweg verwirrt an. „Wolltest du nicht…? Ich meine – "

„So, du solltest jetzt schön warm für die Reise sein."

Er grinste mich an, während ich vor Wut schäumte. Ich

war bereit, ihn anzuflehen, weiterzumachen, aber dann fiel mir ein, was sie gestern gesagt hatten – dass ich danach *betteln* würde. Guter Gott, sie hatten recht behalten!

Während wir über die offene Fläche zwischen den Häuser liefen, begann es zu schneien. Glücklicherweise war ich auf das lange Montana Winterwetter vorbereitet gewesen, weshalb ich jetzt einen langen Wollmantel, fellgefütterte Handschuhe und einen dicken Schal um meinen Kopf und Hals gewickelt trug, die sich alle in dem angelieferten Koffer befunden hatten. Außerdem hatte Connor recht gehabt. Seine unanständigen Berührungen hatten mich bis auf die Knochen gewärmt und halfen, die Kälte auf Abstand zu halten. Dennoch schlang Dash einen Arm um meine Taille und ich drängte mich während des Spaziergangs eng an ihn. Ich nahm an, dass dies das typische wankelmütige Montana Wetter im Oktober war, aber die bleigrauen Wolken wiesen darauf hin, dass es sich wahrscheinlich nicht nur um einen vorübergehenden Kälteeinbruch handelte.

Dash öffnete die Tür zu Kane und Ians Haus und ich trat als erste ein. Connor schloss schnell die Tür hinter uns, um den böigen Wind und die Kälte auszusperren. Ann, deren blonde Haare mit einem Band zurückgebunden waren, begrüßte uns an der Tür.

„Gut", meinte sie zu mir. „Die Männer lassen dich aus ihren Augen und das, nachdem ihr erst einen Tag verheiratet seid! Ein besonderes Vergnügen für uns."

Sie nahm meine Handschuhe und den Schal, trug sie aus dem Zimmer und ließ mich mit den Männern allein. Dash half mir dabei, den Mantel auszuziehen.

„Ihr verlasst mich?", fragte ich überrascht.

Die Männer hielten ihre Hüte in den Händen, aber behielten ihre Mäntel an. „Wir müssen die Rinder von den weiter entfernten Feldern herbringen. Auch wenn es erst Oktober ist, könte das ein schlimmer Sturm werden und wir müssen sie in der Nähe haben."

„Kann nicht jemand – " Ich unterbrach meine Worte, da mir bewusstwurde, dass ich mit Connor darüber diskutierte, wie sie ihre Ranch führten und mich bockig verhielt. „Natürlich, ich verstehe."

„Du wirst hier bei den Frauen in Sicherheit sein. Quinn wird zurückbleiben, sowie ein weiterer Arbeiter. Die anderen wissen, was sie tun müssen, wenn es ein Problem gibt und wir sollten vor Einbruch der Dunkelheit zurück sein."

Ich nickte und faltete meine Hände vor mir. „Ich bin mir sicher, mir wird es gut gehen."

„Ich erkenne diesen milden Ton", erwiderte Dash. „Du handelst entgegen deiner Wünsche. Es ist in Ordnung, wenn du uns vermisst und uns das erzählst."

Meine Augenbraue hob sich und ich konnte das Lächeln nicht unterdrücken. „Hat einer von euch auch nur *irgendeinen* Anstand?" Ich zeigte auf Connor. „Gestern gehst du", ich sah mich um und senkte meine Stimme, „nackt zur Tür und du – du heischst nach Lob, wo es keines zu erhalten gibt."

„Na schön", entgegnete Connor grinsend, „ich werde dir die Wahrheit sagen." Er legte seine Hand auf seine Brust und lehnte sich nah zu mir, um mir ins Ohr zu flüstern. „Ich werde dich vermissen und ich werde warm bleiben, weil ich an deine rosa Nippel und Pussy denken werde und daran, wie sich deine Wangen färben, wenn ich ohne jeglichen Anstand spreche...wie jetzt."

Ich stieß ihn gegen die Brust und er trat zurück, aber nur weil er es wollte.

„Ich werde auch rosa Gedanken haben", fügte Dash

hinzu und sein Mundwinkel verzog sich nach oben, aber ich sah die Hitze in seinen Augen.

„Geht", forderte ich sie lächelnd auf, „kümmert euch um eure Kühe. Mir wird es gut gehen. Wirklich."

Die Männer musterten mich für einen Moment eindringlich, dann gaben sie mir jeder einen Kuss. Es waren aber keine einfachen Küsschen auf die Wange. Es waren Küsse, die mir mehr versprachen. Anscheinend zufrieden setzten sie ihre Hüte auf und gingen. Ich andererseits war überhaupt nicht zufrieden. Ich war überhitzt und meine Lippen prickelten und zwischen meinen Beinen war ich nicht nur ein bisschen wund, sondern auch feucht von Connors Berührungen. Ich war nicht im Geringsten zufrieden und ich sehnte mich nach der Rückkehr meiner Männer. War das ihr Plan? Wenn ja, dann funktionierte er ziemlich gut.

Ich folgte den Stimmen der Frauen, die aus dem hinteren Bereich des Hauses drangen. Ann, Emma, Laurel und Olivia waren in der Küche. Emma hielt Baby Ellie im Arm und der kleine Christopher saß mit einem Löffel und einer Schüssel mit etwas, das Porridge zu sein schien, im Hochstuhl. Ich verzog bei diesem Anblick das Gesicht, da wir es in der Schule jeden Morgen zum Frühstück essen mussten. Die Hälfte war auf seinem Gesicht verschmiert. Laurel war offensichtlich schwanger, die runde Wölbung ihres Bauches sah unter ihrem Kleid wie eine Wassermelone aus. Sie saß am Tisch und hatte ihre Füße auf einen Stuhl gelegt und Olivia brachte ihr eine dampfende Tasse Kaffee.

Ich stand im Türrahmen und beobachtete sie. Sie wirkten so zufrieden und gewöhnt an ihr Leben hier auf Bridgewater. Ihre Männer waren eindeutig so eifrig, dass drei von ihnen ein Baby hatten oder erwarteten. Nach dem zu schließen, was Olivia am Vortag beim Mittagessen gesagt hatte, war sie vielleicht noch nicht lange genug verheiratet, um Teil dieses "Clubs" zu sein.

Olivia war diejenige, die mich als erste sah. „Rebecca! Oh gut, dass du dich uns anschließt. Komm rein. Hättest du gerne einen Kaffee? Oder bist du eine Teetrinkerin?"

Ich lächelte und trat in den Raum. Ich *war* eine Teetrinkerin, aber Kaffee schien ein in Amerika üblicheres Getränk zu sein und ich musste ihre Sitten kennenlernen, da ich jetzt eine von ihnen war. „Wenn Kaffee gekocht wurde, dann ist das in Ordnung. Danke."

„Wir sind überrascht, dich zu sehen", sagte Emma.

„Laufend", fügte Laurel mit einer Hand über dem Mund hinzu in dem Versuch, ihr Lächeln zu verstecken.

11

EBECCA

Ich wusste, wovon sie sprach. Jetzt. Gestern hatte ich noch keine Ahnung gehabt. Ich war wund zwischen meinen Beinen. Meine Pussy, wie die Männer sie genannt hatten, pochte nicht nur, weil sie von zwei Schwänzen gefüllt und gedehnt worden war, sondern auch von den anhaltenden lustvollen Empfindungen, die sie mir entlockt hatten. Mein Hintereingang war auch empfindlich.

„Es hat drei Tage gedauert, bis mir erlaubt wurde, wieder Kleidung zu tragen", erzählte Olivia. „Ich habe drei Ehemänner, also war ich mit ihnen für drei Tage allein."

„Du warst nackt für *drei* Tage?", fragte ich verblüfft. Meine Männer hatten nur einen verlangt.

„Und obwohl du so lange nackt warst, hat es trotzdem drei ganze Monate gedauert, bis du schwanger wurdest", neckte Ann sie.

Olivia legte eine Hand auf ihren noch flachen Bauch.

„So oft, wie sie mich damals – selbst jetzt noch – genommen haben, sollte man meinen, dass es sofort passiert wäre."

Ich war fassungslos, wie unbedarft sie über dieses Thema sprachen, das ich, bevor ich nach Bridgewater gekommen war, niemals angesprochen hätte, geschweige denn auch nur daran gedacht hätte.

„Ich wurde innerhalb des ersten Monats schwanger", gab Ann zu.

„Zwei Monate", warf Emma ein.

Alle vier Frauen sahen mich an. „Ihr glaubt...ich könnte nicht schwanger sein", stotterte ich. Die Vorstellung war absurd.

Alle runzelten die Stirn. „Sie haben dich nicht erobert?", fragte Emma.

Ich spürte, wie meine Wangen heiß wurden. „Na ja, ich meine..."

Ann hielt ihre Hand hoch, während sie das Gesicht ihres Sohnes abwischte. „Du musst nichts sagen, wir können sehen, dass sie es getan haben. Und ja, du *könntest* schwanger sein. Deine Männer sind auf jeden Fall zeugungskräftig."

Ich erinnerte mich an all den Samen, der aus Dashs Schwanz gespritzt war, als er sich zum Höhepunkt gestreichelt hatte. Aufgrund dessen und der Menge, die meine Schenkel hinabgetropft war, musste ich mir eingestehen, dass die Möglichkeit durchaus bestand. Ich erröte bei dem Gedanken an das, was wir getan hatten.

„Mach dir keine Sorgen, du wirst schon bald darüber sprechen können."

Daraufhin schüttelte ich meinen Kopf. „Ich bin nicht wie ihr. Ich wurde dazu erzogen, gesehen, aber nicht gehört zu werden und den Ehemann zu akzeptieren, den mein

Vater für mich aussuchte und es dann zu ignorieren, wenn er mit einer Opernsängerin anbandelt."

„Ich habe ab dem Alter von sieben Jahren auf einem Internat in Denver gelebt", erzählte Laurel.

„Ich war sechs und die Schule war schrecklich", gab ich zu. „Mir wird schon schlecht, nur wenn ich diesen Porridge ansehe."

Ann blickte auf die Schüssel vor ihrem Sohn. „Haferbrei? Ich werde den anderen sagen, dass sie dir etwas anderes geben sollen, wenn wir es zum Frühstück machen."

Laurel lächelte mich an, aber dieses Mal auf eine Weise, die zeigte, dass sie mich verstand. „Meine war nicht schrecklich, sie waren sogar alle ziemlich nett, aber ich sehnte mich nach dem Tag, an dem mein Vater tatsächlich nach mir verlangen würde. Der Tag kam letzten Winter, aber er ließ nicht aus Liebe nach mir schicken, sondern wegen einer Vereinbarung. Natürlich kam es nicht dazu. Ich habe gelernt, dass das, was man erwartet, nicht immer das ist, was man tatsächlich will."

Ich dachte über ihre Worte nach, während ich etwas Kaffee trank und versuchte bei dem bitteren Geschmack nicht das Gesicht zu verziehen. Ich entdeckte einen kleinen Krug mit Sahne auf dem Tisch und schüttete ein wenig davon in meinen Kaffee, dann rührte ich mit einem Löffel um.

Wollte ich wirklich einen Mann, der mir keine Aufmerksamkeit und Vergnügen schenken würde, nur weil es anständig war? Der Mann, den Vater ausgesucht hatte, wollte mich einzig und allein aus dem Grund, einen Erben zu zeugen, aber bis auf diese Pflicht hatte ich keinen Wert für ihn. Er würde ein oder zwei Mätressen haben und würde diese Frauen mit all den fleischlichen Gelüsten überhäufen, nach denen es sie verlangte. Ich andererseits würde kalt und ohne das Wissen, das mir Connor und Dash nur an einem Tag vermittelt hatten, allein gelassen werden. Er wäre im Dunkeln zu mir gekommen, hätte unter den Laken an meinem Nachthemd gefummelt und wäre brünstig in mich eingedrungen. Ich hätte niemals das Vergnügen kennengelernt, das die Hände von Männern, die sich nach mir sehnten, in meinem Körper wecken konnten.

„Habt ihr...habt ihr gewusst, dass ihr zwei Männer heiratet?", fragte ich. Ich richtete meine Augen auf den Löffel, mit dem ich in der Tasse rührte, anstatt den Frauen in die Augen zu blicken.

„Ich wurde auf einer Auktion in einem Bordell an Kane und Ian verkauft."

Meine Augen hoben sich, um Emma schockiert anzusehen. Sie nickte mir zu, während sie Ellie auf ihren Knien hüpfen ließ.

„Ich bin vor meinem Vater und einer arrangierten Ehe geflohen, nur um dann fast in einem Schneesturm zu sterben. Brody und Mason haben mich aus dem Schnee gerettet", erzählte mir Laurel.

„Mein Onkel teilt sich eine Frau mit einem Freund, aber ich wusste bis zu meiner Hochzeitsnacht nichts von dieser Beziehung, als er mich nicht nur mit einem oder zwei, sondern drei Männern zum Schutz vor einem gestörten ehemaligen Anwerber verheiratete", berichtete Olivia.

„Andrew und Robert haben mich vor einem grausamen Vater gerettet. Anders als die anderen – und du – wusste ich, dass ich beide heiraten würde, aber ich wusste nicht, was das tatsächlich bedeutete, dass sie beide so aufmerksam und dominant sein würden", fügte Ann hinzu. „Später war es mir egal, solange sie ihren Schwur, mich niemals zu schlagen, einhielten."

„Ich...ich hatte keine Ahnung, dass ihr alle auch so ein...

kompliziertes Leben hattet. Ihr wirkt alle so glücklich", sagte ich, meinen Löffel hatte ich vergessen.

„Wir sind glücklich", entgegnete Laurel, während ihre Hand über ihren gerundeten Bauch streichelte. Die anderen drei Frauen nickten zustimmend. „In einem Monat werde ich allerdings nicht mehr ganz so vor Glück platzen."

Ich lachte mit ihnen.

„Ich stelle einfach...einfach alles in Frage, das sie tun", gab ich zu

Emma verdrehte die Augen. „Gut. Mach es ihnen schwer. Sie werden es dir auch nicht leicht machen, da du zwei Männer befriedigen musst und du allein bist."

„Du magst vielleicht ihr Können und ihr Interesse an deinem Körper in Frage stellen, aber du musst nicht an ihrer Ehre oder Treue dir gegenüber zweifeln. Du bist jetzt das Zentrum ihrer Welt, zweifle nicht daran", erklärte Ann.

Es klopfte an der Tür und Emma erhob sich, um sie zu öffnen, wobei sie Ellie auf ihrer Hüfte balancierte.

„Sie sind...sehr gierig." Es waren nicht die passendsten Worte für das, wie ich Connor und Dashs Verhalten benennen würde.

„Überwältigend?", fragte Emma.

„Beschämend?", ergänzte Ann.

„Enthusiastisch." „Unersättlich." „Vernarrt." „Intensiv." „Dominant."

Die Frauen wechselten sich darin ab, Worte aufzuzählen und sie trafen alle auf meine Männer zu.

„Meine Männer sind sehr *begierig*, dieses Baby, das wir gezeugt haben, kennenzulernen", merkte Laurel an.

„Sie umschwirren sie ständig und die anderen Männer haben sie praktisch fortgezerrt, damit Laurel ein paar Stunde Ruhe vor ihnen hat", berichtete mir Ann, während sie ihren Sohn aus dem Hochstuhl hob und auf den Boden stellte. Er schwankte zu einigen Töpfen und einem Holzlöffel am Boden, setzte sich hin und begann damit zu trommeln.

„Ein Monat ist noch so lang, vor allem da ich mich kaum bewegen kann." Sie rutschte auf ihrem Stuhl herum. „Ich will allerdings auch nicht, dass sie zu lange weg sind, da ich gieriger nach ihnen bin, als ich es je zuvor war. Ich schwöre, ich habe die Bedürfnisse eines lüsternen Mannes und nur sie können sie befriedigen."

„Schaut, wer sich uns anschließt", verkündete Emma, die zurück in den Raum trat. Hinter ihr stand eine Frau, die ich aus dem Gästehaus kannte. „Rebecca, vielleicht hast du Allison Travers schon kennengelernt? Sie arbeitet in dem Gästehaus, in dem du gewohnt hast."

Allison war sehr klein und hatte lockige dunkle Haare, die zu einem lockeren Knoten zurückgebunden waren. Ihr Lächeln war warm und freundlich und sie wirkte vertraut mit den anderen, also nahm ich an, dass sie sich relativ gut kannten. Aus der Kirche vielleicht? Ihr Kleid war tannengrün und ihr schwarzer Mantel hing über einem Arm. Ich hatte sie nur flüchtig im Gästehaus gesehen und war ihr nicht offiziell vorgestellt worden.

„Ja, Hallo nochmal", erwiderte ich.

„Ich habe dir deinen anderen Koffer mitgebracht", informierte sie mich. „Ich entschuldige mich dafür, dass er draußen im Schnee stehen bleiben wird müssen, bis ihn einer der Männer vom Wagen heben kann."

„Quinn kann damit helfen", meinte Emma.

Ich sah, wie sich Allisons Augen weiteten und ihre Wangen bei der Erwähnung seines Namens rot anliefen. „Ich habe ihn nicht gesehen, da ich direkt hierherkam. Was deinen Koffer betrifft", sie wandte sich mir zu, „so glaube ich, dass du Backsteine den ganzen Weg von England hierhergebracht hast."

„Ja, er ist ziemlich schwer, aber es sind keine Backsteine. Mach dir keine Gedanken. Der Koffer ist nicht so wichtig. Er hat viel auf seinem Weg von London hierher gesehen." Ich erhob mich und ging zu ihr. „Du bist ganz allein bei diesem Wetter aus der Stadt hierhergereist? Mr. Arnold hätte das sicher nicht zugelassen."

Ich sprach wie eine englische Dame, nicht wie eine Frau aus dem Montana Territorium.

„Stimmt, aber es hat noch nicht geschneit, als ich ging und der Weg ist mir bekannt. Mr. Arnold konnte den Koffer heute nicht selbst vorbeibringen und so habe ich es angeboten."

„Kaffee?", fragte Emma. Auf Allisons Nicken hin reichte Emma mir Ellie, um sich der Aufgabe widmen zu können. Das Baby war schwerer, als ich erwartet hatte, dennoch warm und weich und roch so süß. Ihre hellen Augen, die genau wie die ihrer Mutter aussahen, blickten zu mir hoch und sie grinste. Hatten wir gestern wirklich ein Baby gezeugt? Würde ich ein kleines Mädchen mit den blonden Haaren Dashs bekommen oder würden sie so dunkel sein wie Connors?

„Danke." Allison hängte ihren Mantel über die Lehne eines der Küchenstühle. Sie setzte sich neben Christopher auf den Boden und klatschte im Takt zu seinem Trommeln in die Hände. „Ich gebe es zu, ich hatte noch ein anderes Motiv, hierherzukommen."

Emma drehte sich vom Herd weg und brachte ihr die Tasse. „Oh? Ich kann es mir vorstellen", scherzte sie. „Ein bestimmter Gentleman vielleicht?"

Allisons Wangen wurden rot und sie blickte hinab auf den Holzboden. „Ich war voller Mut, als ich das Gästehaus hinter mir ließ, aber je näher ich hierher ritt, desto mehr verflüchtigte sich mein Wagemut. Ich bin tatsächlich ziemlich froh, dass die Männer nicht hier sind, da ich fürchte, dass ich ansonsten eine Idiotin aus mir gemacht hätte."

„Das ist etwas, das ich verstehe", erwiderte ich mehr zu mir selbst als zu den anderen im Zimmer. Ich hatte seit meiner Ankunft gestern so viele Fehler mit Connor und Dash begangen.

„Oh! Es tut mir leid – ich vergaß die guten Neuigkeiten. In der Stadt hat sich rumgesprochen, dass du gestern Connor MacDonald geheiratet hast. Das ist das Einzige über das alle – zumindest die Damen – reden."

Ich nickte mit dem Kopf und lächelte. „Ja, das habe ich." Die Leute in der Stadt wussten von meiner Ehe mit Connor, aber nicht von meiner Stellvertreterehe mit Dash.

„Du musst mir erzählen, wie ihr euch kennengelernt habt. Ich habe zwar schon von Liebe auf den ersten Blick gehört, aber selbst dafür war das zu schnell!" Sie schien begierig auf Details zu sein.

Ich blickte zu den anderen Frauen, die alle scheinbar so entspannt und unbekümmert mit den ungewöhnlichen Ehen auf Bridgewater umgingen. Ihnen war bestimmt von unserem Ausflug zur Stadt und der eiligen Eheschließung in der Kirche erzählt worden. Kannte Allison die Sitten der Männer? Wenn das der Fall war, so schien es sie nicht zu stören. Und falls sie es nicht wusste, hatte ich nicht vor, diejenige zu sein, die es ihr erzählte. Denn wenn sich schon die Neuigkeit über meine Hochzeit mit Connor so schnell herumsprach, dann konnte ich mir nur vorstellen, wie sich die Neuigkeiten über die Frauen von Bridgewater, die mehrere Männer für sich beanspruchten, herumsprechen würden.

„Mein Bruder war mit ihm in der Armee, tatsächlich mit vielen der Männer hier auf Bridgewater. Wir waren auf dem Weg hierher, um auf der Ranch zu leben, als er starb."

Emma kam und nahm mir Ellie ab.

Der Eifer, von meiner Liebesheirat zu hören, rutschte aus Allisons Gesicht. „Das tut mir sehr leid."

„Danke." Ich hatte Cecil nicht einmal gekannt, bevor er in London auftauchte und mich entführte, weshalb ich um die Beziehung, die wir hätten haben können, trauerte. Jetzt war aber nicht die Zeit darüber nachzudenken und eine Montgomery beschwerte sich nie.

„Welcher der Männer hat deine Aufmerksamkeit geweckt? Porter?"

Allison glättete den Rock nach unten. „Er ist ziemlich attraktiv, aber es ist...Mr. McPherson. Nicht dein Mr. McPherson Olivia, der *andere*."

Die anderen Frauen hielt kurz in ihren Tätigkeiten inne und Emma antwortete als erste. „Dash ist...sehr nett."

„Ich wusste nicht, dass du seine Bekanntschaft gemacht hast", fügte Ann hinzu. „Ich denke, der Kuchen ist fertig", sagte sie zu Emma, während sie zum Ofen ging und die Tür öffnete, um hineinzuspähen. Der Duft des süßen Gebäcks füllte die Luft.

„Das habe ich nicht. Nur in der Kirche bei den Gelegenheiten, an denen er dort ist. Ich gebe zu, die Männer auf Bridgewater sind *alle* ziemlich gutaussehend. Da ist allerdings etwas an Mr. McPherson, das mir den Atem raubt."

Ich konnte das verstehen, denn das tat er auch bei mir. Selbst in bekleidetem Zustand. Als er seine Hose geöffnet und seinen Schwanz ohne eine Spur von Sittsamkeit herausgezogen hatte, hatte er mir nicht nur den Atem geraubt, sondern mich...feucht werden lassen. Seine

Intensität und Fokus waren berauschend und wenn ich mit ihm zusammen war, fühlte ich mich, als ob ich das Einzige in seinen Gedanken wäre. Ich konnte das aber nicht erzählen, besonders jetzt nicht, also faltete ich die Hände in meinem Schoß, straffte die Schultern noch mehr und zwang mir ein Lächeln ins Gesicht. Ausnahmsweise waren Mrs. Withers' Anweisungen hilfreich.

Allison plapperte auf Ann und Laurels Drängen hin weiter, wobei die beiden versuchten, sie von Dash auf das gute Aussehen von Quinn oder Porter umzulenken, die wahrscheinlich beide Junggesellen waren. Aber ihre Kommentare wandten sich immer wieder meinem Ehemann zu.

Ich hatte keinen Grund, bei Allisons Worten Schmerz zu empfinden. Sie wollte mir nicht schaden. Wenn sie wissen würde, dass ich auch mit Dash verheiratet war, hätte sie nicht so von ihm gesprochen, wie sie es jetzt tat, denn sie war eine sehr nette Frau.

Mein Schmerz rührte von den Gedanken an Dash. Empfand er das Gleiche für Allison? Hatte er sie in der Kirche und im Vorbeigehen in der Stadt gesehen und sie für ansehnlich gehalten? Er hatte keine Wahl gehabt, ob er mich heiraten wollte. Ich war mehrere Wochen, bevor ich überhaupt nach Bridgewater gekommen war, die Seine geworden.

Connor hatte die Wahl gehabt, ob er mich heiraten möchte oder nicht. Auch wenn es keine Liebesheirat gewesen war, so hatte ich ihn nicht dazu gezwungen. Hatte ich Dash die Möglichkeit auf ein Leben mit Allison genommen? Sah er ihr Gesicht, ihre zierliche Figur, wenn er mich berührte? Dachte er an sie, wenn er in meinen Körper eindrang?

Ich trug ab und zu einen netten Kommentar zum

Gespräch bei, aber die anderen Frauen hielten das Gespräch auch ohne mich exzellent am Laufen. Es war offensichtlich, dass Allison hier bereits zuvor Gast gewesen war und gerne mit den Frauen plauderte. Das Geplauder wurde von einem Klopfen an der Hintertür unterbrochen und dann steckte Quinn seinen Kopf ins Zimmer.

„Komm aus der Kälte", forderte Emma ihn auf.

Er zog seinen Hut aus und stampfte mit den Stiefeln auf die Veranda, bevor er nach drinnen trat und die Tür hinter sich schloss. Schnee bedeckte seine Schultern.

„Hallo, Miss Travers", begrüßte er Allison, der er zunickte, als sie sich erhob.

Sie lächelte und ich sah, wie ihre Wangen bei den Worten des Mannes erröteten. War sie vor allen Männern so schüchtern oder errötete sie nur bei denen, an denen sie interessiert war?

„Mr. Quinn."

„Es schneit immer noch, aber ich denke, es ist nach wie vor sicher, in die Stadt zu reisen. Auch wenn Sie allein hierhergekommen sind, bestehe ich darauf, Sie zurückzubringen."

Sie musterte den Mann und stellte höchstwahrscheinlich fest, dass er sich nicht davon würde abbringen lassen. „Na schön. Vielen Dank."

Er wandte sich mir zu. „Ich werde den Koffer für dich abliefern und dann Miss Travers in die Stadt bringen. Zwei der Männer sind in den Ställen, also wenn ihr sie während meiner Abwesenheit braucht, gebt ihr zwei Schüsse ab, drei, wenn es einen Notfall gibt."

Ich hatte keine Ahnung, wovon er sprach, aber die anderen Frauen sagten ihm, dass sie das tun würden.

Ich nickte dem Mann dankbar zu, der nicht nur meine restlichen Klamotten abliefern, sondern auch Allison zur

Stadt zurückbringen würde. Ich hatte keine Ahnung, wo sie sonst übernachtet hätte. Es wäre unschicklich gewesen, wenn sie bei Quinn oder einem der anderen Junggesellen geblieben wäre. Ich schätzte, entweder Kane oder Ian hätten für eine Nacht in einem anderen Haus bleiben können, um die Illusion einer anderen Art Ehe, wie sie sie führten, vorzugaukeln. Allerdings war ich mir sicher, dass sie alle auf diese Eventualität vorbereitet waren. Ich wollte nicht zusehen, wie Allison bei seiner Rückkehr um Dash herumschwänzelte. Und ich wollte noch weniger sehen, wie Dash Allison ansah. Auch wenn er mir seine Ehre beteuert hatte, glaubte ich nicht, dass ich mit dem Wissen leben könnte, dass er mich *nur* aus Gründen der Ehre geheiratet hatte.

„Sobald Sie bereit sind, werden wir aufbrechen", sagte Quinn zu Allison, dann ging er zurück nach draußen.

12

ASH

Wir hatten die meisten Rinder auf die näheren Weiden getrieben, wobei alle hatten helfen müssen. Dafür würden wir jedoch nur noch einmal beim ersten Tageslicht losziehen müssen, um die Nachzügler einzufangen. Das Wetter war nicht besser, sondern nur noch schlimmer geworden. Der Schnee bedeckte den Boden jetzt bis zu meinen Knöcheln und in absehbarer Zeit würde es nicht so schnell zu schneien aufhören. Gemeinsam mit dem Wind hatte das Ganze mittlerweile fast die Ausmaße eines Schneesturms angenommen. Blätter, die noch an den Pappeln am Bach gehangen hatten, waren mittlerweile auf halbem Weg nach Kanada. Die Sonne war vor einer Stunde untergegangen und wir stampften unsere Stiefel aus, bevor wir Kane und Ians Haus in einer langen Reihe müder Männer betraten. Der Duft von Eintopf lag in der Luft und die Hitze des Ofens fühlte sich gut an.

Die Frauen kamen, um die Mäntel und Handschuhe einzusammeln und sie an Haken hinter dem dickbäuchigen Ofen aufzuhängen. Meine Augen begegneten und hielten Rebeccas und das kleine Lächeln, das sie mir schenkte, wärmte mich tief in meinem Inneren. Sie zeigte ihre Zuneigungen nicht so offen, wie Olivia es bei ihren Männern tat – sie zogen Olivia einfach in die Vorratskammer und schlossen die Tür hinter sich – oder mit dem Eifer von Mason und Brody, die sich vergewisserten, dass es Laurel gut ging und das Baby nach wie vor sicher in ihr war.

Tatsächlich wirkte Rebeccas Lächeln irgendwie reserviert, aber ich wusste, dass *Rebecca* reserviert war. Das Wissen, dass wir eine Frau hatten, die nach einem langen Arbeitstag auf uns wartete und dass diese wunderschöne Frau, egal wie stachlig sie auch war, die Unsere war, machte mich glücklich. Für mich war dieses Lächeln kostbar, denn es wurde mir freiwillig geschenkt, egal wie klein es ausgefallen war.

Nachdem ich Connors Sachen und dann meine aufgehängt hatte, gab ich ihr den Kuss, nach dem ich mich den ganzen Tag gesehnt hatte.

Sie bot mir ihren Mund bereitwillig an, dann quietschte sie und trat zurück. „Dash, deine Nase ist eiskalt!" Ihre Hand wanderte nach oben, um ihre Wange an der Stelle zu bedecken, wo ich sie mit meiner Nase gestreift hatte.

Ich grinste. Das war der erste gute Grund, sie nicht zu küssen, den sie vorgebracht hatte. „Na schön, aber ich werde später die doppelte Ration Küsse einfordern, wenn ich erst einmal aufgetaut bin", warnte ich sie. Anstatt dass ihre Wangen rot wurden, wie ich es erwartet hatte, schürzte sie die Lippen und blickte weg. Connor begegnete meinem

Blick über ihrem Kopf und zuckte leicht mit den Schultern. Gut, er hatte auch gesehen, dass irgendetwas nicht stimmte.

„Rhys!", schrie Olivia, ihre Stimme drang gedämpft durch die Tür der Vorratskammer.

„Geht es…geht es ihr gut?", fragte Rebecca uns beide.

Connor grinste. „Sie erhält keine Schläge, Mädel."

Ein V formte sich auf ihrer glatten Stirn, kurz bevor ihre Augen groß wurden. „Hier? Jetzt?"

Ich beugte mich nah zu ihr und murmelte: „Sie brauchte Zuwendungen und ihre Männer kümmern sich darum."

Sie trat von mir zurück, als hätte ich sie verbrannt. Ich hatte etwas getan, das sie aufgeregt hatte, aber ich hatte keine Ahnung, was das gewesen sein könnte, da ich sie den ganzen Tag nicht gesehen hatte. Ich könnte ihre Reserviertheit verstehen, wenn sie Connor und mir gelten würde, aber anscheinend ließ sie nur mir diese kühle Behandlung angedeihen.

„Ja, aber hier?" Sie blickte zu Connor, dann in die Küche. Brody half Laurel gerade auf die Füße und Mason führte beide den Flur hinab. Emma reichte Ellie an Ann weiter, kurz bevor Ian seine Frau über die Schulter warf, ihr auf den Arsch schlug und sie die hintere Treppe hochtrug. Kane folgte ihnen.

Andrew rührte in dem großen Topf auf dem Herd und schöpfte ein wenig des Eintopfs in die Schüsseln, die in der Nähe gestapelt waren. Ich war daran gewöhnt, dass eines der Paare in einer privaten Ecke des Hauses oder der Ställe fickte. Privat, ja, aber ruhig, nein. Die Geräusche von Sex waren überall zu hören, wo auch immer ich mich auf der Ranch aufhielt. Zuvor hatte es, anstatt mich zu stören, in mir den Wunsch geweckt, dass Connor und ich eine eigene Frau hätten, auf die wir uns konzentrieren könnten. Auf

Rebecca musste es allerdings wirken, als ob wir ein Haufen Heiden wären.

„Hat jetzt gerade jeder...*Geschlechtsverkehr*?", flüsterte sie.

„Ja, obwohl Andrew und Robert anscheinend zuerst ihr Abendessen einnehmen werden, bevor sie über Ann herfallen, da sie auf Ellie aufpassen", antwortete ich, aber sie schenkte mir nicht einmal einen Blick, bevor sie ihre Lippen spitzte.

„Das ist kein Geschlechtsverkehr. Wie wird es genannt, Mädel?", fragte Connor. „Sag es."

Sie schüttelte ihren Kopf und schürzte wieder ihre Lippen. „Ich...kann nicht."

„Na schön", erwiderte ich. „Ich habe genug Hunger, um einen gekochten Bären zu verschlingen, aber *Geschlechtsverkehr* mit dir will ich sogar noch mehr."

Ihre Augen blitzten bei meinen Worten auf. Sie dachte über etwas nach und es war kein Ficken. „Das ist nicht notwendig. Ich brauche keine...Zuwendungen wie die anderen Frauen."

Worüber hatten die Frauen verdammt nochmal geredet? Sie sollten mit ihr sprechen und Rebecca mit ihren Sorgen *helfen* und nicht dafür sorgen, dass sie völlig desinteressiert und geradezu kalt wurde. Ich schnappte mir Rebeccas Mantel vom Kleiderhaken, warf ihn Connor zu, dann holte ich meinen eigenen. „Es gibt hier keine Person, die es nötiger hat Zuwendungen zu erhalten und *Geschlechtsverkehr* zu haben, als du."

JA, irgendetwas stimmte nicht. Zurück im Haus half Connor ihr mit ihrem Mantel und sie erlaubte ihm, sie zu küssen, aber für mich hatte sie nicht einmal einen Blick übrig. Ich beobachtete, wie sie miteinander umgingen, während ich das Feuer im Küchenofen entfachte und dann in die Stube ging, um ein weiteres anzuheizen.

Sie gesellten sich nach einigen Minuten zu mir und Connor zog Rebecca in seine Arme und küsste sie. Leidenschaftlich. Stürmisch. Innig. Als er seinen Kopf hob, waren ihre Wangen gerötet und das nicht von der Kälte, ihre Augen waren verschleiert und ihr Mund feucht und rot. Ich erhob mich aus meiner Hocke beim Feuer und ging zu ihnen. Ich umfasste ihr Kinn und drehte ihren Kopf mit meinem Daumen für einen Kuss zu mir, aber sie wandte sich ab.

Connor hob bei ihrer Aktion die Augenbrauen. „Was stimmt nicht mit Dashs Küssen?"

Sie zog die Nase kraus und reckte ihr Kinn in die Höhe. „Es ist nichts."

„Warum küsst du ihn dann nicht?"

Sie blickte von Connor weg und hinab aufs Feuer. „Ich habe Kopfschmerzen", antwortete sie schließlich.

Connor und ich tauschten einen Blick aus und ich konnte ein Augenrollen nicht unterdrücken. „Haben sie dir das auf der Schule beigebracht – zu sagen, du hättest Kopfschmerzen, wenn du deinen Ehemann abwehren möchtest?"

Sie sah durch ihre Wimpern zu uns hoch und ich wusste, dass ich recht hatte.

„Ist es an der Zeit für deine monatliche Blutung?", fragte Connor und sie lief knallrot an. „Dann wollen wir mal nachsehen, nicht wahr?"

Er ergriff ihr Handgelenk, zog sie hinter das Sofa und hielt ihre Hand dabei im Rücken fest, wodurch er sie zwang, sich vornüber zu beugen. „Connor, was machst du – "

„Ruhig, Mädel", befahl er mit einer so scharfen Stimme, dass sie wie eine Peitsche den Raum durchschnitt. Das Geräusch des knisternden Holzes erklang vom Ofen, aber ansonsten war nur der starke Wind zu hören.

Er hob ihren Rock ohne Sanftheit hoch und warf den Stoff auf ihren Rücken. Sofort richtete sie sich wieder auf.

„Nein, Mädel. Beug dich nach vorne."

„Connor!", schrie sie und kämpfte gegen seinen Griff.

Connors Blick begegnete meinem. „Gib mir deinen Gürtel."

Rebecca erstarrte sofort und ich beobachtete, wie die rote Farbe aus ihren Wangen wich. „Ein Gürtel? Nein! Du kannst mich nicht schlagen. Bitte, ich habe nichts Falsches getan. Tu mir nicht weh!"

Ich hatte das Leder aus meiner Hose gezogen und Connor gereicht, noch bevor sie ihre panischen Worte zu Ende gesprochen hatte.

Connors Hand, die auf ihrem Rücken ruhte, streichelte über ihre Wirbelsäule. „Wir werden dich nicht schlagen."

Auf seine Worte hin verstummte sie.

Er ergriff die Gelegenheit beim Schopf und packte eine ihrer Hände, dann die andere und zog ihre Arme hinter ihren Rücken. Vorsichtig wand er meinen Gürtel um ihre Handgelenke und band sie aneinander.

„So, das ist besser. Wo waren wir? Ah, ja." Connor schob ihr Kleid zurück nach oben und auf ihren Rücken. Anschließend stupste er ihre Füße auseinander, sodass ihre Pussy entblößt und sichtbar war. „Du hast gelogen, Mädel. Du blutest nicht."

Ich hörte, wie sie etwas in das Sofakissen brummelte.

„Daher muss ich mich fragen, ob du wirklich Kopfschmerzen hast oder ob du darüber ebenfalls lügst."

Sie murmelte noch etwas.

Connor schlug ihr einmal auf den Arsch, nicht zu hart, aber ein pinker Handabdruck erschien recht schnell.

„Du hast mir auf den Hintern gehauen!", schrie sie, ihr Kopf schoss in die Höhe und Haarnadeln rutschten aus ihren Haaren.

„Ja und wenn du unsere Fragen nicht beantwortest, werde ich es wieder tun."

Sie drehte sich, um uns über ihre Schulter anzusehen, in ihren Augen tobte eine unglaubliche Wut und Feuer. „Ich habe keine Kopfschmerzen."

Ich fuhr mit einer Hand über die erhitzte Stelle auf ihrem Arsch und sie zuckte zusammen.

„Ich bin dran", murmelte ich zu Connor und er trat zurück, damit ich seinen Platz direkt hinter ihr einnehmen konnte.

Ich fuhr mit einem Finger über ihre Spalte und sie erschauderte.

„Worüber habt ihr gesprochen, während wir die Rinder hierher getrieben haben?", fragte ich und fuhr fort, sie liebevoll mit meinen Fingern zu streicheln. Es war nicht genug, um sie zum Höhepunkt zu bringen, aber definitiv genug, um sie zu erregen. Ihre Feuchtigkeit tropfte auf meine Finger, weshalb ich mir keine Sorgen machte, dass Connor zu grob mit dem Mädel gewesen war. Tatsächlich schien es ihr sogar gefallen zu haben, aber jetzt war nicht die Zeit, um weiter darauf einzugehen.

„Babys", antwortete sie.

Meine Hand hielt genau über ihrem Kitzler inne. „Hast du Angst vor der Geburt, Liebling? Ist es das? Ich weiß, du hast erzählt, dass deine Mutter auf diese Weise starb."

Sie schüttelte ihren Kopf, wodurch mehr Haarnadeln auf das Sofakissen unter ihr fielen. „Meine Mutter fiel die Treppe hinunter, weshalb die Wehen verfrüht einsetzten."

Ich wusste nicht, wie es Rebecca hatte überleben können, früher geboren zu werden als sie sollte, aber ich war froh, dass es der Fall war.

Mein Finger nahm die Bewegung wieder auf. „Worüber habt ihr sonst noch gesprochen?"

„Männer", erwiderte sie, wobei ihre Stimme so steif wie ihr Körper war. Sie bewegte sich nicht, war so angespannt, wie man nur sein konnte, bekämpfte mich mit ihrer Willenskraft an Stelle ihrer Muskeln.

„Über einen Mann im Besonderen?", erkundigte sich Connor, während er neben ihrem Kopf in die Hocke ging.

„Warum macht ihr das?"

„Um dich zum Reden zu bringen, Mädel. Es ist unsere Aufgabe, dir deine Bürden abzunehmen."

Sie schüttelte ihren Kopf. „Was, wenn *ich* eure Bürde bin?"

„Warum sollte das so sein, Liebling?" Mein Finger glitt in sie, fand diese schwammartige Stelle, die sie dazu brachte, ihren Rücken zu wölben, und begann sie langsam und bewusst zu streicheln. „Wie kann es eine Bürde sein, dich so unter mir zu haben und zu beobachten, wie du dich dem Vergnügen hingibst?"

Sie antwortete nicht, also bemühte ich mich, sie zum Sprechen zu bringen. „Gib mir die Tasche", bat ich Connor. Er ging in die Küche, während ich fortfuhr, sie mit meinen Fingern zu verwöhnen. Sie konnte nicht zum Höhepunkt kommen, weil ich ihren Kitzler nicht mit genug Druck streichelte und meine Finger auch nicht in der richtigen Geschwindigkeit bewegte, um sie über die Klippe zu stoßen. Die Bewegungen sorgten nur dafür, dass sie sich auf dem Sofa wand, ihre Hüften ruckten und sich bewegten in dem Versuch, mich dazu zu bringen, sie weiter zu penetrieren.

Connor kam zurück, zog das Glas mit dem Gleitmittel

hervor und öffnete den Metalldeckel. Ich benetzte meinen Finger und streichelte sanft über ihr eng gekräuseltes hinteres Loch. Bei der Berührung wölbte sie sich auf dem Sofa, aber da ihre Hände auf ihren Rücken gebunden waren, konnte sie sich ansonsten nicht bewegen.

Langsam, sehr langsam streichelte ich mit meinem Daumen über ihren Arsch und stellte sicher, dass sie von der Salbe ganz glitschig wurde. Während ich nach innen drückte, stupste ich mit einem Finger gegen ihren Kitzler und sie stöhnte. Der enge Muskelring zog sich zusammen und ich begann sie langsam zu ficken – mit meinen Fingern in ihrer Pussy und ihrem Arsch – während ich ihr weitere Fragen stellte.

„Warum ist das eine Bürde für mich, Liebling?", fragte ich ein weiteres Mal.

„Ich habe dir keine Wahl gelassen!", schrie sie. Ihre Wände zogen sich um meine Finger zusammen, was mir signalisierte, dass sie kurz vor einem Orgasmus stand.

„Wie das, Mädel?", fragte Connor und strich ihr die Haare aus dem verschwitzten Gesicht.

„Oh Gott, bitte", bettelte sie.

„Was?", fragte ich.

„Ich brauche es. Bitte, ich brauche es so sehr."

Ihr wimmerndes Betteln ließen mich fast in meiner Hose kommen.

„Du möchtest zum Höhepunkt kommen?" Ich streichelte sie weiter, aber ließ sie nicht kommen.

„Ja!", schrie sie.

Ich sollte ihren verzweifelten Zustand gegen sie verwenden und sie dadurch zwingen, uns zu erzählen, was wir wissen wollten, aber sie hatte gebettelt und ich konnte ihr das Vergnügen nicht als Befragungstaktik verwehren. Ich wollte, dass sie es mir aus freien Stücken erzählte, nicht weil sie nicht mehr bei Verstand war. Und daher bewegte ich meine Finger ein bisschen schneller, drückte ihren Kitzler, während Connor ihr versaute Worte ins Ohr flüsterte. Sie kam innerhalb von Sekunden, zog sich wieder und wieder um meine Finger zusammen, während ihr der Schrei in der Kehle stecken blieb. Ich ließ nicht nach, bis ich ihrem Körper jede Unze Vergnügen entlockt hatte. Erst dann glitten meine Finger aus ihr und ich öffnete den Gürtel um ihre Handgelenke.

13

EBECCA

Die Männer hatten jede Absicht gehabt, mich dazu zu zwingen, ihnen zu erzählen, was mich beschäftigte, aber letzten Endes, als ich in meiner Lust fast den Verstand verloren hatte, hatte Dash nachgegeben. Anstatt meinen Körper gegen mich zu verwenden, hatte er mich über die Klippe und in die Glückseligkeit gestoßen. Er war zart mit mir umgegangen, als er mich in seine Arme gehoben und die Treppe hinaufgetragen hatte. Er hatte mich mit den sanftesten Berührungen ausgezogen und ins Bett gelegt. Nachdem er sich seiner eigenen Kleidung entledigt hatte, kletterte er hinter mir ins Bett und zog meinen Rücken an seine Brust, sodass wir eng aneinander geschmiegt dalagen.

Connor gesellte sich kurz darauf zu uns und glitt auf meiner anderen Seite ins Bett. Ihre Hände streichelten über meine Haut, nicht auf eine sexuelle Weise, sondern so als ob sie einfach nicht damit aufhören könnten, mich zu berühren. Was war so besonders an meinem Körper? Ich konnte ihren Eifer nicht verstehen, ihr leidenschaftliches Interesse an mir. Mir!

„Warum?", fragte ich. Die Laterne auf dem Nachttisch verströmte ein weiches gelbes Leuchten im Zimmer und mit dem stürmenden Wind draußen, fühlte ich mich, als ob wir uns in einer warmen, gemütlichen Höhle befänden – in Sicherheit vor allem außerhalb der Schlafzimmerwände.

„Warum was?", wollte Dash wissen.

Es war an der Zeit, nachzugeben und Fragen zu stellen. Sie hatten bewiesen, dass sie, auch wenn sie wollten, dass ich ihnen von meinen Gefühlen erzählte, Geduld anstatt Zwang nutzen konnten, um ihre Ziele zu erreichen. Fügsam und still zu sein, funktionierte nur, wenn ein Ehemann tatsächlich *wollte*, dass sich eine Ehefrau auf diese Weise verhielt. Scheinbar waren weder Connor noch Dash daran interessiert und anstatt sie glücklich zu machen, *musste* ich ihnen meine Gefühle mitteilen. Das ging gegen alles, was mir beigebracht worden war, aber ich würde es versuchen. Ich seufzte, dann sagte ich: „Du hättest die Ehe nicht akzeptieren müssen. Du hättest jede Frau haben können, die du wolltest und jetzt kannst du das nicht mehr."

Dashs Hand auf meiner Hüfte hielt inne. „Wenn nicht dich, Rebecca, welche Frau sollte ich dann wollen?"

Ich zuckte mit den Achseln, biss auf meine Lippe und antwortete schließlich: „Allison Travers."

Ich wurde auf meinen Rücken gedreht, sodass beide Männer über mir aufragten. Ihre Blicke waren ernst und nur auf mich gerichtet.

„Warum würde ich Miss Travers wollen?", fragte Dash. „Ich bin ihr nicht einmal richtig vorgestellt worden."

Ich blickte weg, da ihr gemeinsames Starren ein wenig

überwältigend war. „Sie findet dich ziemlich attraktiv. Ich denke, ihr Herz hängt an dir."

„Das hat sie dir erzählt, als du im Gästehaus gewohnt hast? Ich wusste nicht, dass sie so direkt ist", meinte Connor.

Ich schüttelte den Kopf. „Heute. Sie hat meinen Koffer zur Ranch gebracht und uns besucht. Sie sprach mit großem Interesse von dir."

„Bist du eifersüchtig, Liebling?" Dash strich die Haare aus meiner Stirn.

War das Gefühl, das ich verspürte, Eifersucht? Störte es mich, dass Allison an Dash interessiert war? Zum Teil, ja. Sie war sehr hübsch und konnte mühelos jeden Mann auf sich aufmerksam machen. „Vielleicht, aber ich frage mich eher, ob die Stellvertreterehe meines Bruders dich deiner Wahl beraubt hat."

Dash ergriff mein Kinn, sodass ich gezwungen war, ihm in die Augen zu blicken. In dem weichen Licht wirkten seine hellen Augen sehr dunkel und starke Schatten fielen auf seine kantigen Gesichtszüge. „Ich hatte eine Wahl, bevor du hergekommen bist, Liebling. Wenn ich Miss Travers gewollt hätte, wenn sie mich nur halb so viel interessiert hätte, wie du, als ich dich zum ersten Mal sah – ganz steif und stachlig wie ein Kaktus auf deinem Pferd – dann hätte ich etwas unternommen. Aber du vergisst, dass nicht nur ich an Miss Travers interessiert sein muss, damit ich das Mädel heirate."

„Ich muss sie ebenfalls wollen", fügte Connor hinzu.

„Auch wenn sie hübsch ist und recht nett, ist sie nicht die Richtige für uns."

Connor schüttelte seinen Kopf.

„Ich wusste sofort, dass du die Meine – Unsere – bist."

Eine kleine Stelle in meinem Herzen öffnete sich, eine

Stelle, von deren Existenz ich nicht gewusst hatte.

„Ich...ich habe nie zuvor zu irgendjemandem gehört. Niemandem, der mich wollte", gab ich zu. Mein Vater war von Anfang an nicht an mir interessiert gewesen, da er sich einen Jungen gewünscht hatte. Cecil war bereits erwachsen, als ich geboren wurde und lebte nicht mehr zu Hause. Ich war zu jung, als dass er sich Gedanken um mich gemacht oder ich für ihn von Interesse gewesen wäre. Er war nur mein Retter geworden, als er von meiner bevorstehenden Ehe hörte und vielleicht hatte er das mehr getan, um seinen Stiefvater zu verärgern, als um mich zu retten.

Die Gesichtsausdrücke beider Männer wurden weich und Connor streichelte mit den Fingerknöcheln über meine Wange.

„Wir wollen dich, Mädel. Denk nichts anderes."

„Und halte Miss Travers nicht für eine Bedrohung", ergänzte Dash.

„Ja", bekräftigte Connor. „Außerdem denke ich, dass Quinn Anspruch auf das Mädel erhoben hat, obwohl ich bezweifle, dass sie es weiß."

Ich dachte daran, wie der Mann Allison heute angeschaut, wie er sich um ihre Sicherheit gekümmert hatte, indem er sie selbst zur Stadt zurückgebracht hatte.

„Wir könnten das Gleiche über dich sagen, dass dein Bruder dir die Wahl genommen hat. Vielleicht gibt es in London einen anderen Mann, der dein Interesse geweckt hat?", fragte Connor.

Mein Mund klappte auf und schloss sich wieder, als mir bewusstwurde, dass sie sich, wenn man es aus ihrer Perspektive betrachtete, ebenfalls Sorgen machen könnten, dass ich, ohne eine Wahl gehabt zu haben, in die Ehe gezwungen worden war. „Ich hatte gar nicht daran gedacht", gab ich zu.

„Wir mögen zwar groß und muskulös sein, aber du kannst uns in die Knie zwingen."

Konnte ich ihnen wehtun? Es schien unmöglich zu sein, aber sie hatten mir alles gegeben, jedes bisschen ihrer Aufmerksamkeit, ihrer Zuneigung, ihrer Zeit. Wenn ich an einem anderen interessiert wäre, könnte ich sie genauso verletzen.

Ich konnte nur nicken.

„Nun, bist du die Unsere, Mädel?", fragte Connor.

Ich sah von einem hübschen Gesicht zum anderen. „Ja", murmelte ich.

Connor grinste, während Dash vom Bett stieg. „Gut, dann ist es jetzt an der Zeit, deinen Arsch darauf vorzubereiten, erobert zu werden. Auf deine Hände und Knie."

CONNOR

WIR HATTEN GESAGT, dass wir sie an ihre Grenzen bringen würden, dass es ihr ein wenig rauer gefallen würde – dass sie es sogar brauchte – aber wir hatten ihr auch die Wahrheit gestanden und ich fühlte mich verletzlich. Ich fühlte mich, als ob mein Innerstes offengelegt worden wäre, andererseits empfanden Rebecca und Dash sicherlich das Gleiche oder fühlten sich vielleicht sogar noch entblößter. Jetzt war es an der Zeit für Sanftheit. Rebecca begab sich freiwillig und ohne Beschwerden auf die Knie. Vielleicht war ihr Vertrauen in uns der Grund dafür, ihre Fähigkeit daran zu glauben, dass alles, was wir mit ihrem Körper taten, zu ihrem Vergnügen geschah. Ich streichelte mit der

Hand über ihre Wirbelsäule, dann küsste ich den selben Pfad entlang. Dash flüsterte ihr unterdessen Lobesworte zu.

So wunderschön, Liebling. Wir werden dir so viel Vergnügen bereiten. Diese Pussy, Gott, sie ist perfekt. Sie gehört uns. Dieser Arsch, wir werden dich hier nehmen, dich gemeinsam erobern. Braves Mädchen, wie du den Stöpsel aufnimmst. Ja, drück nach hinten.

Sie erwachte unter unseren Händen zum Leben, *wegen* unserer Hände. Sie hatte den Stöpsel in ihrem Arsch wunderbar aufgenommen. Ihre Pussy war tropfnass und sie stand erstaunlich nah vorm Orgasmus – ich erkannte mittlerweile die Zeichen – sodass Dashs Schwanz problemlos in sie eindrang. Rebecca erreichte sofort den Höhepunkt und zwar intensiv, ihr Rücken wölbte sich, um ihn noch tiefer aufzunehmen, was ihn ebenfalls zum Orgasmus brachte.

Ich fiel auf meinen Rücken und Dash half ihr, sich rittlings auf meine Taille zu setzen. Obwohl sie den Stöpsel in ihrem Arsch hatte und unglaublich eng war, glitt ich perfekt in sie, bis meine Schwanzspitze gegen ihre Gebärmutter stieß. Sie wusste, was sie in dieser Position tun sollte, wie sie sich bewegen und meinen Schwanz für ihre Lust benutzen sollte. Ich lag wie verzaubert da, während ich beobachtete, wie ihre Brüste mit den Bewegungen ihrer Hüfte schwangen. Ich umfasste ihre Schenkel, als mich ihre inneren Wände drückten. Und als sie ihren Kitzler an meinem Unterleib rieb und sich selbst zum Höhepunkt brachte, packte ich die Laken mit den Händen und warf meinen Kopf nach hinten, meine Eier entleerten sich, während sich mein Samen heiß in sie ergoss. Die Chancen, dass wir ihr ein Baby gemacht hatten, standen gut und die Vorstellung befriedigte mich unglaublich.

Als sie auf mir ausgebreitet einschlief, die feuchte Haut

ihres Körpers an mich gepresst, als ob sie keinerlei Sorgen hätte, wusste ich, dass sich etwas in Rebecca verändert hatte. Vielleicht hatte sich nur das kleinste bisschen geändert, aber sie war jetzt mehr als jemals zu vor die Unsere.

„ICH BIN FROH, dass du hier bist, um mir Gesellschaft zu leisten", begrüßte Laurel Rebecca, als sie die Eingangstür öffnete und sie in eine Umarmung zog, die durch die Größe ihres Bauches ein wenig unbeholfen ausfiel. Rebecca stand steif und überrascht von der spontanen Zuneigung da. Laurel trat zurück und Brody hinter sie und legte eine Hand auf ihre Schulter. „Ich wäre zu eurem Haus gekommen, aber anscheinend darf ich bei diesem Wetter nicht nach draußen gehen." Sie verdrehte ihre Augen in unsere Richtung und es war gut für sie, dass Brody sie nicht sehen konnte.

„Wir haben den Luxus, dass wir drinnen und warm bleiben können, während die Männer in die Kälte hinausgehen müssen, um die verlorenen Kühe zu finden", erklärte Rebecca ihr. „Ich denke, wir haben das besser Ende des Strohhalms erwischt."

Gott segne ihre Diplomatie. Denn während Laurel rausgehen und selbst die Rinder zusammentreiben wollte, wollten Brody und Mason sie an ihr Bett fesseln, um sicherzustellen, dass ihr oder dem Baby nichts passierte, während sie weg waren. Rebecca war gut darin, die freiheitsliebende Frau zu beruhigen. Als Brody über Laurels Schulter hinweg stumm ein 'Dankeschön' mit den Lippen formte, wusste ich, dass es eine kluge Entscheidung gewesen war, Rebecca hierher zu bringen.

Mason trat in den Türrahmen und schlüpfte in seinen

Mantel. „Bist du dir sicher, dass du dich gut fühlst? Keine Schmerzen?"

Laurel schüttelte ihren Kopf und scheuchte die Männer mit ihren Händen aus der Tür.

„Dann wird Rebecca dafür sorgen, dass du vor dem Mittagessen ein Nickerchen machst und anschließend legst du für den Rest des Tages die Füße hoch", befahl er.

Laurel nickte und es war offensichtlich, dass sie ihrem Mann nicht wirklich zugestimmt hatte.

„Wollen wir gehen?", fragte ich, denn bei diesem Tempo würde es Mittag sein, bevor wir Mason und Brody von hier fortbekamen.

„Quinn ist heute in den Ställen und kümmert sich um ein lahmes Pferd. Porter und zwei andere sind auch in der Nähe", informierte Dash sie. „Sagt auf Wiedersehen, Gentlemen."

Ich küsste Rebecca auf den Kopf und tätschelte die Tasche, wo ich den größeren Stöpsel platziert hatte. Wir hatten ihren Arsch gleich nach dem Aufwachen damit füllen wollen, aber ihn während des Besuchs in ihr zu lassen, war zu lang. Also hatten wir ihn in die Tasche ihres Kleides gesteckt. Wir wollten, dass sie das harte Holz spürte und daran erinnert wurde, sowie daran dachte, wofür es gedacht war und dass wir es bei unserer Rückkehr in sie einführen würden.

Ich trat in die Kälte, stellte meinen Kragen auf und Dash folgte mir kurz darauf. Wir standen wartend da, während wir Mason und Brody bei ihrer Verabschiedung zuhörten. „Noch ein Monat bis es so weit ist?", murmelte ich zu Dash. „Sie werden sich bestimmt gegenseitig umbringen, bevor das Baby geboren wird."

Dash gluckste, während wir unsere Pferde losbanden.

14
___

EBECCA

„Was wollen wir machen?", fragte ich unsicher darüber, was man mit einer sehr schwangeren Frau machte. Karten spielen? Sticken?

Ich folgte ihr in die Küche, wo sie einen Muffin aus einem Korb auf dem Tisch nahm, bevor sie sich vorsichtig auf einen Stuhl setzte. Sie bot mir den Korb an und ich nahm ihn ihr ab.

„Essen", antwortete sie, zupfte ein Stück des Muffins ab und steckte es sich auf höchst undamenhafte Weise in den Mund. „Ich bin zur Zeit immer hungrig." Sie kaute, dann fragte sie mit vollem Mund: „Du kannst dich nicht anders als ernst verhalten, oder?"

Ich legte meinen Muffin auf den Tisch, griff nach einer Stoffserviette von einem Stapel in der Tischmitte und wischte meine Finger ab. „Was meinst du damit?"

„Ich bin diejenige, die ebenfalls wie du in einem

Internat gelebt hat, erinnerst du dich? Ich bin diejenige, deren Vater kein Interesse an mir hatte, bis ich ihm für seine Zwecke dienlich war. Mich wollte der ältere Mann heiraten, nur weil ich jung war und all die perversen Dinge tun würde, die er wollte."

Wir hatten ziemlich viel gemeinsam, obwohl wir auf unterschiedlichen Kontinenten aufgewachsen waren. „Ich bezweifle, dass der Mann, der mich heiraten wollte, irgendetwas Unsittliches getan hätte", widersprach ich, während ich an den Grafen dachte. „Er wollte einen Erben."

Sie betrachtete mich, als hätte ich zwei Köpfe. „Wie hätte er einen Erben zeugen sollen, wenn ihr euch *sittsam* verhalten hättet?"

„Unter den Laken und im Dunkeln." Ich blickte finster drein bei dem Gedanken, dass mich der Graf berührte, aber dann wanderten meine Gedanken zu Connor und Dash. „Glaubst du...? Nein, vergiss es."

„Oh nein", sagte Laurel mit dem Mund voll Muffin. „Raus mit der Sprache."

Ich blickte durch meine Wimpern zu ihr, während ich an dem Muffin zupfte. „Hältst du mich für unanständig?"

„Glaubst du ich bin es?", konterte sie.

Ich aß einen Bissen des Muffins, um Zeit zu schinden.

„Du hast zwei Männer, die...die Dinge mit dir machen", entgegnete ich schließlich.

Anstatt beschämt zu sein, breitete sich ein verträumter Ausdruck auf ihrem Gesicht aus. „Oh, ja."

„Stört es dich nicht?"

Sie runzelte die Stirn. „Am Anfang ja, aber mittlerweile nicht mehr."

„Ist das, was Connor und Dash mit mir machen...normal?"

„Was ist schon normal?", entgegnete sie. „Ich habe alles,

was Mason und Brody taten, in Frage gestellt. *Alles.* Jetzt mag ich es, wenn sie mich fortschleppen und mich einer nach dem anderen nimmt." Sie machte eine Pause. „Hältst du mich für unanständig?"

„Nicht in deinem Kleid", gab ich zu. Ich kannte sie nicht gut genug, um meine Antwort weiter auszuführen.

„Ich halte dich auch nicht für unanständig, vor allem nicht in deinem Kleid, aber auch nicht deinem Verhalten nach. Ich bin mir sicher, Connor und Dash haben Dinge mit dir getan, die deiner Schuldirektorin die Röte ins Gesicht treiben würden."

Darüber musste ich lachen. „Oh ja", sagte ich kichernd. Ich spürte das schwere Gewicht des Stöpsels, den Connor in meine Tasche gesteckt hatte und griff heimlich hinein und umschloss das glatte Objekt mit meiner Hand. Allein es zu halten, machte meine Weiblichkeit heiß und weich. Mein Hintereingang zog sich zusammen. Mrs. Withers wäre allein von meinen Gedanken tot umgefallen. Stöpsel und *dort* erobert zu werden, waren mit Sicherheit kein Teil ihres Lehrplans. „Sie wäre schockiert."

„Schockiert", wiederholte Laurel. „Und dennoch wollen das deine Männer mit dir tun. *Mit* dir."

Ja, es bestand ein Unterschied darin, ob sie skandalöse Dinge *mit mir* anstatt *an mir* machten. Ich reckte mein Kinn nach oben, dieses Mal entschlossen. „Ich will vor ihnen nicht die ganze Zeit ernst und reserviert sein. Was soll ich tun?"

Sie wedelte mit der Hand durch die Luft. „Das ist einfach. Küss sie."

Meine Augenbrauen hoben sich. „Sie küssen? Das ist alles?"

Sie nickte. „Vertrau mir. Du hattest nie eine Freundin, mit der du Geheimnisse teilen konntest, oder?"

Ich biss auf meine Lippe und dachte zurück an die Schule. „Ich hatte Freundinnen, natürlich, aber wir hatten keine richtigen Geheimnisse, über die wir hätten reden können, da wir alle das gleiche Schicksal ertragen mussten." Ich faltete die Serviette ordentlich zusammen, bemerkte dann, was ich getan hatte und warf sie über den Tisch. „Ich habe nicht einmal gemerkt, wie unglücklich ich war, bis ich dort weg bin."

Laurel runzelte die Stirn und schenkte mir dann ein aufmunterndes Lächeln. „Du hast jetzt Freundinnen, sogar vier."

Sie faltete ihre Hände, neigte ihren Kopf leicht zur Seite und hob ihr Kinn und ich erkannte, dass sie...mich nachahmte.

„Ich sehe nicht so aus, oder?" Ich zeigte auf sie.

„Bis auf den riesigen Bauch? Absolut."

Ich seufzte. „Oje. Ich kann mir nur vorstellen, was Dash und Connor von mir denken. Sie wollen sicherlich keine Frau, die die ganze Zeit so angespannt ist."

Laurel schüttelte den Kopf. „Schwachsinn. Ich verspreche dir, ich war ebenfalls ziemlich zugeknöpft und angespannt, als ich hierherkam." Sie lächelte verschmitzt. „Ich bin mir sicher, Dash und Connor haben es sich zur Lebensaufgabe gemacht, dich lockerer zu machen."

Ich errötete bei ihren Worten, denn jedes Mal, wenn sie mich zum Höhepunkt gebracht hatten, war ich kein bisschen angespannt gewesen. „Ja, ich glaube, du hast recht. Dash hatte keine Wahl, ob er mich heiraten wollte. Mein Bruder hat mich von einer arrangierten Ehe in die nächste geworfen."

„Was stört dich – die Tatsache, dass Dash gezwungen wurde, dich zu heiraten oder dass du gezwungen wurdest, ihn zu heiraten?"

„Du hast Allison gestern gehört. Sie hat ein Auge auf Dash geworfen", antwortete ich mit leicht niedergeschlagener Stimme. „Obwohl er etwas anderes behauptet hat, frage ich mich, ob es eine andere Frau geben könnte, die seine Aufmerksamkeit erregt und er sich dann wünscht, dass er nicht an mich gekettet wäre."

„Ich bin mir sicher, er genießt es, an dich gekettet zu sein", erwiderte sie schamlos. Sie runzelte kurz die Stirn und fuhr mit einer Hand über ihren Bauch. „Mach dir keine Sorgen über Allison. Quinn wird sie schon in seine Arme steuern."

Ich blickte auf die Krümel auf dem Tisch und bemerkte, dass ich meinen ganzen Muffin gegessen hatte. „Ein Mann will, wie mit einem Seil, an eine Frau gebunden sein?" Ich dachte daran, wie sie mir die Hände hinter den Rücken gebunden und mich mit dem Gürtel gefesselt hatten. Ich war hilflos allem ausgeliefert gewesen, was Dash mit mir hatte tun wollen. Connor hatte mir einmal auf den Hintern gehauen, aber es war Dash gewesen, der mich zur höchsten Lust geführt hatte.

Laurel nickte verträumt, dann runzelte sie wieder die Stirn, dieses Mal rutschte sie auf ihrem Stuhl herum.

„Geht es dir gut?"

„Mein Rücken schmerzt, aber das ist nichts. Es ist schon seit letzter Nacht so. Wir könnten das den gesamten Tag durchkauen, also werde ich dich stattdessen fragen: gefällt es dir, in ihren Armen zu liegen?"

Ich nickte.

„Gefällt es dir, wie sie dich berühren?"

Ich nickte wieder.

„Bereiten sie dir Vergnügen, obwohl – und besonders wenn – du sie in Frage stellst?"

„Ich genieße es wirklich."

„Dann warte nicht auf sie. Verführe sie."

Darüber lachte ich. „Ich weiß nicht einmal, wie ich über meine Gefühle reden soll, geschweige denn sie ihnen zeigen."

„Wie ich sagte, alles, was du tun musst, ist, auf Dash zuzugehen und ihn zu küssen. Oder Connor. Beginn damit."

„Wirklich?" War es so einfach?

Laurel stemmte sich am Tisch hoch, um aufzustehen. „Wirklich", erwiderte sie mit einem Stöhnen. „Ich glaube, ich muss mich hinlegen, denn – *oh*, ich glaube, ich habe mich gerade eingenässt." Wasser tropfte zwischen ihren Beinen herab und sammelte sich dann zu ihren Füßen. „Das Baby!", schrie sie und blickte sich um. „Es ist so weit. Das ist Emma auch passiert. Was soll ich nur tun?"

Das Baby kam? Ich wusste nichts über Geburten. Ich hatte doch gerade erst gelernt, wie man eines machte! Ich erhob mich abrupt und drehte mich in einem schnellen Kreis, als ob die Antwort irgendwo im Raum versteckt wäre. Dann hielt ich inne, holte tief Luft und blickte in Laurels panisches Gesicht. Ich musste für sie ruhig und kontrolliert sein, selbst wenn ich nur so tat.

Ich neigte mein Kinn auf genau die Weise, die Laurel vor einigen Minuten nachgeahmt hatte und ging zu ihr, um ihre Hand zu nehmen. „Babys brauchen Zeit, bis sie auf die Welt kommen, das habe ich zumindest gehört. Komm, wir ziehen dir diese nassen Klamotten aus und etwas Bequemeres an. Ich werde dir nach oben helfen."

Als sie ein sauberes Nachthemd anhatte und im Bett lag, war sie ruhiger. Ich war allerdings kein bisschen ruhig, aber all die Jahre, in denen ich gelernt hatte, meine Emotionen zu verbergen, kamen mir jetzt zu Gute. Ich wusste nicht, wie man ein Baby auf die Welt brachte, aber ich *konnte* helfen, Laurel zu beruhigen. *Ich* musste ruhig bleiben.

Sie lehnte ihren Kopf zurück an das Kopfende des Bettes und atmete langsam durch ihren Mund. Als die nächste Wehe sie überrollte, schloss sie die Augen.

„Ich werde gehen und Hilfe holen", erklärte ich ihr und wandte mich zur Tür.

Laurels Augen öffneten sich ruckartig, sie streckte ihren Arm aus und packte meine Hand mit festem Griff. „Verlass mich nicht!", schrie sie und ihre Augen starrten mich wieder wild an.

Ich tätschelte ihren Arm und schüttelte meinen Kopf. „Nein. Ich verlasse dich nicht, ich gehe nur nach unten, um das Gewehr abzufeuern. So ruft man hier doch um Hilfe, oder?"

Sie nickte, während sich ihr Gesicht schmerzhaft verzog. Ich versuchte, nicht zusammenzuzucken, als sich ihr Griff schmerzlich um meine Hand zusammenzog.

„Ich bin gleich zurück", versprach ich, riss meine Hand frei und eilte die Treppe hinab. Ich erinnerte mich an ein Gewehr, das in unserem Haus über der Küchentür hing und als ich die Küche betrat, stellte ich erleichtert fest, dass sich auch hier eines an der gleichen Stelle befand. Es hing zu weit oben, als dass ich es erreichen könnte, also schob ich einen Stuhl rüber, stieg hinauf und zog die schwere Waffe herunter.

Ich hatte keine Ahnung, wie man sie abfeuerte. Ich hatte zuvor gesehen, wie eine Waffe benutzt wurde und wusste von dem Abzug. Ich ging davon aus, dass das Gewehr geladen und bereit für die Nutzung war. Nachdem ich den Stuhl aus dem Weg geschoben hatte, öffnete ich die Tür und trat auf die hintere Veranda, wobei mich die kalte Luft erzittern ließ.

Ich packte die Waffe, legte meinen Finger auf den Abzug und zog ihn zurück. Der Schuss war ohrenbetäubend und das Ende des Gewehrs traf meine Schulter, wodurch ich einige Schritte nach hinten gestoßen wurde. Der Schmerz war schrecklich und ich schrie auf. Der Gedanke an Laurel und die Möglichkeit, dass ich ihr würde helfen müssen, dass Baby auf die Welt zu bringen, trieb mich dazu an, die Waffe noch einmal hochzuheben. Dieses Mal legte ich sie direkt an meiner Schulter an. Ich schloss meine Augen und feuerte.

15

EBECCA

DER RÜCKSTOß WAR NICHT GANZ SO SCHLIMM, aber der Schmerz in meiner bereits angeschlagenen Schulter brachte mich dennoch zum Zischen. Meine Ohren klingelten. Unglücklicherweise hatte ich, als ich die Augen geschlossen hatte, das Gewehr bewegt und ein Stück aus der Verandabrüstung geschossen.

„Verdammt", murmelte ich und erinnerte mich an meinen Bruder, wie er geflucht hatte, als er auf dem Schiff über den Atlantik seekrank geworden war.

Zwei Schüsse. Die Leute sollten nach zwei Schüssen hierher rennen. Als ich Laurel vor Schmerzen schreien hörte, wusste ich, dass ich den dritten Schuss abgeben musste, um einen Notfall zu signalisieren. *Das hier* war ein Notfall. Ein Baby zu bekommen und nur mich als Hilfe zu haben, war ein verdammter Notfall. Ich hob die Waffe schnell, trat zum Rand der Veranda, zielte in die Luft und schoss. Nichts. Die Waffe war leer.

„Verdammt", schimpfte ich wieder. Ich legte das Gewehr auf den Verandaboden und eilte in die Küche, um neben der Tür nach weiteren Kugeln zu suchen. Ich fand sie ziemlich schnell in einem Glas.

Draußen auf der Veranda versuchte ich herauszufinden, wie man die Waffe lud. Ich fummelte daran herum, als Laurel nach mir schrie: „Rebecca!"

Der kehlige Schrei, der daraufhin folgte, brachte mich dazu, die Kugeln fallen und das Gewehr auf der Veranda liegen zu lassen, bevor ich durch das Haus und die Treppe hinauf stürmte.

Laurel hatte ihre Knie angewinkelt und umklammerte sie mit ihren Händen. Schweiß tropfte von ihrem Gesicht und ihre Wangen waren gerötet. „Ich glaube, das Baby kommt", stöhnte sie, dann stieß sie ein langes, schmerzvolles Stöhnen aus, als sie vom Schmerz zerrissen wurde.

„Jetzt? Es sind erst zehn Minuten vergangen, seit die Wehen eingesetzt haben", entgegnete ich.

„Ich glaube nicht, dass es das Baby interessiert!"

Ich stürmte zum Bett, setzte mich an den Rand und schob den langen Saum ihres Nachthemdes nach oben. Es zeigte sich noch kein Kopf zwischen ihren Beinen, aber ich zweifelte nicht an ihren Worten.

„Ich muss pressen."

Sie keuchte jetzt schwer, dann schrie und stöhnte sie vor Schmerz.

„Laurel, sieh mich an." Sie tat es nicht, war verloren in den Vorgängen ihres Körpers. „Laurel!"

Mein Schrei brachte sie dazu, zu mir zu sehen. „Schau

mich an. Das ist es. Jetzt atme. Langsam, gut. Denk an deine Männer und wie sehr sie sich darauf freuen, dieses Baby zu sehen."

„Sie haben mir das angetan", zischte sie. „Sie werden es verpassen!", jammerte sie im nächsten Moment, während Tränen über ihre Wangen strömten.

Ich hatte noch nie jemanden gesehen, der von so vielen Emotionen auf einmal bewegt wurde. Ich musste sie beruhigen, aber war eindeutig schrecklich darin. Wie sollte ich sie davon abhalten, nicht in Panik auszubrechen, wenn *ich* doch innerlich selbst durchdrehte?

„Wo zur verdammten Hölle sind denn alle?", murmelte ich, ergriff ihre Hand und hielt sie fest.

Das ließ Laurel innehalten. „Hast du gerade geflucht?"

Meine Augen weiteten sich und ich nickte. Sie grinste, während sie wieder vor Schmerzen zusammenzuckte.

„Ich werde weiter fluchen, wenn du versuchst durch die Wehen zu atmen."

Ihr ganzer Körper spannte sich an. „Oh Gott, hier kommt noch eine Wehe! Ah!", schrie sie.

Ich blickte nach unten zwischen ihre Beine und dieses Mal sah ich, wie ein dunkler Haarbüschel erschien. „Der Kopf des Babys kommt. Willst du pressen?"

Sie nickte wild, während sie den Atem anhielt und dann mit aller Kraft presste.

Mit großen Augen beobachtete ich, wie mehr Haare sichtbar wurden.

„Der Kopf kommt. Ich sehe dunkle, dunkle Haare, Laurel."

„Laurel!", schrie eine Männerstimme von unten.

Jemand war hier! „Hol Mason und Brody. Beeil dich!", rief ich.

Donnernde Schritte wurden lauter, während Laurel ein wildes Geräusch tief in ihrer Kehle machte, als sie wieder presste.

Glücklicherweise waren es Mason und Brody, die durch die Schlafzimmertür platzten und verblüfft dastanden, während sich ihre Frau plagte. Es schien nicht so, als würde ihr Baby noch viel länger warten wollen und ich war erleichtert, dass sie hier waren an Stelle von Quinn oder eines anderen Mannes.

„Heilige Scheiße, Frau", murmelte Mason, der immer noch schockiert in der Mitte des Zimmers stand. „Ich sehe einen Kopf."

Ich erhob mich und trat aus dem Weg, dankbar, dass jemand – irgendjemand – hier bei uns war. Zum Glück hatte Laurel ihre Ehemänner in diesem perfekten Moment bei sich.

„Was sollen wir tun?", fragte Brody mich.

Der normalerweise vernünftige Mann stand völlig neben sich. „Sorgt dafür, dass sie ruhig bleibt, haltet sie aufrecht, während sie presst. Fangt das Baby." Ich hoffte, dass dies die Dinge waren, die sie tun sollten, obwohl Laurel und das Baby auch ohne unsere Hilfe gut zurechtkamen. „Geht zu ihr."

Brody nickte einmal und eilte an Laurels Seite, sodass er sich hinsetzen und sie nach vorne halten konnte, während sie ihre Knie umfasste.

Ich lehnte mich an die Wand und beobachtete, wie Masson den Kopf seines Babys hielt, während es herauskam und dann mit ermutigenden Worten Laurel dazu motivierte, noch einmal zu pressen. Er fing das Baby auf, als es schnell herausglitt, nachdem die Schultern einmal draußen waren.

„Es ist ein Mädchen", verkündete er und blickte mit erstaunten Augen zu seiner Frau hoch.

Ich war fasziniert von der Freude, die die drei miteinander teilten. Das Baby schrie und sie fingen alle an zu lachen. Brody schnappte sich ein sauberes Hemd, das an einem Haken an der Wand hing und reichte es Mason, der es um das winzige Baby wickelte. Er übergab Laurel das Baby, während Brody die Vorderseite ihres Nachthemdes aufknöpfte.

„Leg sie an deine Brust, Liebes."

Laurel, verschwitzt und müde, aber von einem Ohr zum anderen lächelnd tat, was Brody gesagt hatte.

Stimmen drangen aus dem unteren Stockwerk. Emma und Ann traten außer Atem und mit roten Wangen ins Zimmer. Sie sahen auf das Baby, Laurel, die Männer und dann mich. Ann legte eine Hand auf meinen Arm und ich zuckte überrascht zusammen. Sie lächelte beruhigend. „Geh nach unten. Deine Männer warten auf dich." Ich blickte zu Laurel, die dem lauschte, was auch immer Brody ihr ins Ohr flüsterte. „Wir können ihr jetzt helfen."

Emma war bereits zu Laurel gegangen, aber ich sah zu Ann. Ich fühlte mich, als ob ich von der Stadt hierher gerannt wäre, geschwächt und freudig erregt und erschöpft und glücklich. Ich warf einen letzten Blick auf die frischgebackene Familie und fühlte ein tiefes, fast schon schmerzhaftes Sehnen in meiner Brust. *Ich* wollte das. *Ich* wollte, dass mich Connor und Dash auf die Art ansahen, wie Mason und Brody Laurel ansahen mit völliger Liebe und Bewunderung gemischt mit einer großen Portion Ehrfurcht. Obwohl sie große und muskulöse Männer waren, hatte Laurel etwas so Unglaubliches getan, was keiner von ihnen tun konnte.

Ich ließ mir Zeit, während ich die Treppe hinablief. Ich war erst seit zwei Tagen auf Bridgewater, aber ich hatte so viel gelernt. Alles, was mir über die Ehe beigebracht worden war, war eine Lüge gewesen. Nicht einmal hatten Mrs. Withers oder mein Vater – nicht einmal Cecil – das Wort Liebe erwähnt. Ich sah Liebe in der Art, wie sich die anderen Paare auf Bridgewater ansahen, berührten, sogar in ihren Interaktionen. Die Männer sorgten sich wirklich um ihre Ehefrauen, vergötterten sie geradezu. *Brauchten* sie. Im Gegenzug blühten die Frauen auf und wurden forsch und mutig und selbstbewusst.

Dash und Connor hatten mir all das in der kurzen Zeit, seit wir verheiratet waren, gezeigt. Sie hatten mich auf eine Art wertgeschätzt, die ich nicht erwartet und nicht einmal für angemessen gehalten hatte. Was *war* denn angemessen? War es angemessen, dass sich meine Ehemänner so sehr um meine Bedürfnisse sorgten, dass sie mich immer wieder zum Höhepunkt brachten? War es angemessen, dass sich meine Ehemänner so sehr um meine Sicherheit sorgten, dass sie mich den Tag mit anderen verbringen ließen, während ich das Leben auf der Ranch und in Montana kennenlernte? War es angemessen, dass meine Ehemänner mir die Nähe und Intimität zeigten, die in einer Ehe gefunden werden konnten? Die Antwort auf all diese Fragen lautete Ja.

Ich wollte all die dunklen, verruchten Dinge mit ihnen tun, die sie versprochen hatten und ich legte meine Hand auf meine Hüfte, wo ich den Stöpsel in meiner Tasche spürte. Ich wollte wertgeschätzt und umsorgt werden, ich wollte nach einem langen Arbeitstag aufgesucht und über der Schulter davongetragen werden, um gefickt zu werden. Ja, *gefickt*. Ich war diejenige gewesen, die ihnen Widerstand geleistet, sie in Frage gestellt hatte. Nicht länger.

Ich wollte alles. Als ich durch die Tür und in die Küche trat, wo sich die meisten Männer aufhielten und Dash und

Connor sah, wusste ich genau, was ich tun musste. Als sie mit leidenschaftlichen, funkelnden Augen, die nur auf mich gerichtet waren, auf mich zu kamen, tat ich es.

Ich streckte meine Hand aus, schlang sie um Dashs Nacken und zog ihn für einen Kuss nach unten.

16

ASH

REBECCA KÜSSTE MICH. *Sie* küsste mich. Ihr Mund war heiß und hungrig und ich fühlte ihr gesamtes angestautes Verlangen, das sie zurückgehalten hatte. Als ihre Zunge über meine Unterlippe glitt, öffnete ich meinen Mund und zog sie in meine Arme, da ich diese überraschende neue Rebecca nicht aufgeben wollte. Sie schmeckte süß und frisch und verlockend und machte ihre mangelnde Erfahrung mit ihrer Leidenschaft wett. Ihre Brüste drückten gegen meine Brust und ich wurde sofort hart.

Wir hatten unsere Pferde angetrieben, um nach den zwei Schüssen schnell zur Ranch zurückzukehren. Wir waren ungefähr eine Meile entfernt gewesen, aber hatten sie mühelos hören können. Nur zwei Schüsse waren abgefeuert worden, aber wir hatten nicht auf weitere gewartet. Zwei waren genug, um mich nervös zu machen, obwohl Quinn in der Nähe der Wohnhäuser geblieben war. Er war zu Kane und Ians Haus gegangen, da er gedacht hatte, die Schüsse wären von dort gekommen, während Mason und Brody direkt nach Hause geeilt waren.

„Hast du auch für mich so einen Kuss?", fragte Connor, wobei seine Stimme einem tiefen Knurren glich. Er war eindeutig von der Verwegenheit unserer Frau überrascht – und erfreut.

Rebecca hob ihren Kopf, wandte sich zu Connor und nickte. Ihr Blick huschte kurz zu mir, dann ließ sie sie mich los, nur um hoch zu springen und ihre Arme um Connors Hals zu schlingen. Er packte sie mit einem Glucksen um die Taille, die Augen vor Überraschung aufgerissen, aber sie schlossen sich, als sie ihn küsste.

Sie war der Angreifer, diejenige, die bei uns nach Vergnügen suchte. Das gefiel mir. Das gefiel mir sogar sehr. Tatsächlich hätte ich sie bereits auf den Küchentisch geworfen und sie hier und jetzt gefickt, wenn nicht drei weitere Männer mit uns im Raum wären.

„Geht es ihr gut?", fragte Kane mit gehobener Augenbraue, da er ebenfalls von Rebeccas sehr öffentlicher Zurschaustellung ihres Begehrens überrascht war.

Der Schrei eines Neugeborenen drang durch die Decke und wir sahen beide nach oben, als ob wir hindurchsehen könnten. Ich konnte das Grinsen nicht unterdrücken, da die Vorstellung eines neuen Babys – eines neuen Lebens auf Bridgewater – begeisternd war. Ich sehnte mich nach dem Tag, an dem es unser Baby sein würde, ein Baby mit Rebeccas dunklen Haaren und heller Haut.

„Ich wäre absolut hysterisch, wenn ich allein geholfen hätte, ein Baby auf die Welt zu bringen", erzählte mir Kane. Er hatte es einmal mit Emma durchgemacht und sie hatte Ann gehabt, die ihr geholfen hatte. „Ich werde nie vergessen, wie Ellie geboren wurde. Verdammte Scheiße, es war schrecklich." Er fuhr sich mit der Hand übers Gesicht. „Ich erinnere mich an jedes Stöhnen, jeden Schrei von Emma. Ich habe sogar geschworen, dass ich sie nie wieder ficken würde, wenn es das Elend, das sie erlebte, beenden würde."

Ich bezweifelte irgendwie, dass er diesen Schwur in den acht Monaten seit der Geburt eingehalten hatte.

„Aber sobald die kleine Ellie auf die Welt kam, hatte Emma die Schmerzen vergessen. Sie vergaß die Monate, in denen sie sich wie eine schwerfällige Kuh – ihre Worte, nicht meine – fühlte und jetzt will sie noch eins. Ich weiß nicht, ob ich in der Lage bin, das noch einmal durchzustehen, aber ich werde dieser Frau alles geben, was sie will."

Ich konnte das Grinsen nicht zurückhalten. Dieser Mann – dieser kluge, starke Mann – wurde, wenn es um seine Frau und Kind ging, zu einem hoffnungslosen Idioten reduziert. „Ich schätze, du wirst wieder anfangen müssen, sie zu ficken, wenn das passieren soll."

Kane grinste. „Anfangen? Zur Hölle, wir haben kaum damit aufgehört." Er blickte zu Rebecca und Connor, der sie gerade auf ihre Füße stellte und ihre Stirn küsste. „Sieht so aus, als würdet ihr auch nicht so schnell damit aufhören."

„Was ist mit der Verandabrüstung passiert?", fragte Ian uns, als er sich zu uns gesellte.

Rebecca lehnte ihren Kopf für einen Moment an Connors Brust und drehte dann ihr Gesicht in unsere Richtung. Ihre Wangen waren rot und sie sah perfekt aus. Ihre Haare waren zerzaust und ihr Kleid zerknittert. „Ich habe es angeschossen."

Ich lachte. „Liebling, wir müssen dir wohl beibringen, wie man ein Gewehr benutzt, was meinst du?"

„Absolut", stimmte sie zu.

„Später. Deine Aufgabe hier ist erledigt", sagte Connor, hob Rebecca hoch und warf sie über seine Schulter, was sie zum Quietschen brachte. „Jetzt bringen wir dich nach Hause und du kannst weiter über uns herfallen."

„Nein, Connor, *jetzt*. Ich brauche es jetzt", flehte sie.

Connor erstarrte mitten im Schritt und sah zu mir, neigte seinen Kopf und grinste. „Was auch immer unsere Frau will."

Wenn unsere Frau in diesem Moment gefickt werden wollte, würde ich es ihr nicht verweigern. Ich drehte mich auf den Fersen um und ging den Flur hinab in Mason und Brodys Büro. Connor folgte mir und trat die Tür hinter sich zu, bevor er Rebecca auf die Füße stellte.

„Du musst gefickt werden, Liebling?", fragte ich.

Sie keuchte jetzt, ihr Atem kam stoßweise zwischen ihren geöffneten, vom Küssen geschwollenen Lippen hervor. Ihre Wangen waren gerötet und ihre Augen verträumt, fast schon benommen. Sie nickte.

„Sag es, Mädel", verlangte Connor.

Sie räusperte sich, reckte das Kinn in ihrer üblichen Trotzgeste nach oben. Dieses Mal war es allerdings Kühnheit. „Fickt mich."

„Verdammte Scheiße", murmelte ich, während ich mich ihr näherte und sie rückwärts trieb, bis sie an die Wand stieß. Ich fühlte mich in diesem Moment wie ein Raubtier, fast schon wild in meinem Verlangen nach ihr. Ihre Augen begegneten meinen und ich wusste, dass sie das wollte, mich – uns – wollte. „Das wird ein schneller Fick werden, Liebling."

Sie nickte verstehend und leckte ihre Lippen.

„Nimm meinen Schwanz raus."

Mit gierigen Fingern öffnete sie meinen Gürtel, dann die

Vorderseite meiner Hose. Mein Schwanz sprang steinhart in ihre wartenden Hände. Ich ließ ihr keine Chance, damit zu spielen. Stattdessen griff ich nach unten hob den Saum ihres Kleides an, hängte ihn über meine Unterarme, packte sie an der Taille, hob sie hoch und presste sie gegen die Wand, sodass wir uns auf Augenhöhe befanden. Instinktiv schlang sie ihre Beine um meine Taille und – Gott sei Dank – trug sie kein Höschen, weshalb mein Schwanz über ihre feuchten Falten glitt und die Spitze in ihre gierige, feuchte Spalte schob.

Ich drang mit einem wilden, groben Stoß in sie ein. Ihr Kopf wölbte sich nach hinten, weil ich sie so gefüllt hatte und sie schrie auf. Das Gefühl ihrer heißen, engen Wände, die mich drückten, war himmlisch. Ich wollte mich nicht bewegen, sondern sie einatmen, es genießen, dass sie in meinen Armen lag und ihre Beine um mich geschlungen hatte. Sie war in diesem Moment bei mir, genau *bei* mir. Ich gab jegliche Selbstkontrolle auf, da es einfach unmöglich war. Meine Eier zogen sich zusammen und ich spürte, wie sich mein Orgasmus anbahnte.

Unser Atem vermischte sich und das Geräusch des Fickens – feucht und wild – füllte die Luft.

„Ich werde kommen, Liebling", keuchte ich an der feuchten Haut ihres Halses. Ich brachte meine Hüften in einen solchen Winkel, dass ich jedes Mal, wenn ich sie füllte, über ihren Kitzler rieb. „Du wirst mit mir kommen. Lass los und ich werde hier sein, um dich aufzufangen."

Ich packte ihren Arsch, hob und senkte sie auf mich, nahm sie hart und zügellos. So wie sie keuchte und zwischen ihren Atemzügen meinen Namen zischte, war sie direkt bei mir.

Einmal, zweimal stieß ich in sie und kam hart – hart genug, um zu stöhnen und mit der Hand gegen die Wand zu schlagen, mein Verstand verschwunden. Hart genug, um mich nur noch dafür zu interessieren, wie ihre süße Pussy meinen Schwanz packte. Ich ergoss mich in sie, wieder und wieder bis zum Überlaufen, mein Samen tropfte aus ihr und über ihre Schenkel. Da ich fortfuhr meinen Schwanz tief in ihr zu bewegen, folgte sie mir schnell zum Höhepunkt und schrie ihr Vergnügen hinaus, bevor sie sich nach vorne beugte, um ihre Laute an meiner Schulter zu dämpfen. Ihre Pussy drückte mich noch mehr und zog meinen Schwanz tief in sich, als ob sie mich dort behalten wollte.

Ich war verbraucht, meine Energie vollständig verschwunden und ich versuchte, wieder zu Atem zu kommen. Vorsichtig stellte ich Rebecca auf den Boden und hielt sie, während sie sich auf ihre Füße stelle. Als sie aufrecht stand, rutschte mein Schwanz aus ihr. Da kam Connor zu uns und hielt sie fest, wodurch er mir erlaubte, zurückzutreten und mich zu erholen. Wenn mich ein schneller Fick an der Wand in einen solchen Zustand versetzte, würde ich keine Woche überleben. Ich würde allerdings als glücklicher Mann sterben.

„Hast du immer noch den Stöpsel in deiner Tasche, Mädel?", fragte Connor.

Rebecca wirkte so befriedigt, wie ich mich fühlte, während sie schwer an der Wand lehnte, als ob es das Einzige wäre, das sie noch aufrecht hielt. Sie nickte, während sie das Objekt aus den Falten ihres Kleides zog und es Connor reichte. Er dirigierte sie mit einem Neigen seines Kinns zum Schreibtisch. Sie musste gewusst haben, was er vorhatte, da sie sich ohne Anweisung über die flache Oberfläche beugte.

Connor hob ihre Röcke hoch und raffte sie in ihrem

Kreuz. "Spreiz deine Beine, Mädel. Gewähr mir einen guten Blick auf dich."

Sie tat wie verlangt, ihre Wange ruhte auf dem kühlen Holz. Ich stellte mich neben Connor und nahm ihm den Stöpsel ab. "Dash wird diesen Stöpsel in deinen Arsch einführen, während du an meinem Schwanz saugst."

"Ich...ich weiß nicht wie", erwiderte sie mit vor Verlangen rauer Stimme. Ich konnte an dem lustvollen Ausdruck in ihren Augen erkennen, dass ihre Erregung nicht nachgelassen hatte.

"Keine Sorge, er wird dich anleiten", beruhigte ich sie.

"Du wirst mich großartig befriedigen", fügte Connor hinzu, während er um den Tisch und dorthin lief, wo Rebecca den Rand umklammerte. Ihr Kopf lag in der perfekten Position, um seinen Schwanz aufzunehmen.

Als Connor seine Hose öffnete, führte ich den Stöpsel über ihre glatte Pussy, bedeckte ihn mit meinem Samen und glitt wieder nach oben, um ihren Arsch damit zu benetzen. Ich tat das langsam und geduldig, während Connor Rebecca beibrachte, wie sie an einem Schwanz lutschen sollte. Ich wollte beobachten, wie sie ihn in ihren Mund aufnahm, wie ihre Zunge über die dicke Vene an der Unterseite entlangglitt, wie sie ihn weit in ihren Mund nahm, aber ich konzentrierte mich auf ihren Arsch und darauf, sie darauf vorzubereiten, uns beide aufzunehmen.

Der enge Muskelring leistete Widerstand gegen das Eindringen des Stöpsels, weshalb ich einen Finger in ihre Pussy einführte und ihre glitschige Essenz spürte. Sie entspannte sich sofort, wurde durch das Vergnügen meiner Bewegungen locker und erlaubte mir, den Stöpsel langsam, sehr vorsichtig immer tiefer in sie einzuführen. Das breite Mittelstück dehnte sie weiter als jemals zuvor und sie stöhnte um Connors Schwanz. Ich spürte durch die dünne

Wand, die den Stöpsel von meinem Finger trennte, wie er in sie eindrang.

„Was auch immer du tust, hör nicht auf. Wenn sie noch einmal dieses Geräusch macht, werde ich kommen", knurrte Connor.

Ich konnte nicht anders, als zu grinsen, da ich mir vorstellte, wie eng und heiß sich Rebeccas Mund um meinen Schwanz anfühlen würde.

„Der Stöpsel ist fast drinnen, Liebling. Entspann dich. Braves Mädchen." Der Stöpsel glitt den restlichen Weg in sie und ihr Muskelring zog sich um das schmalere Ende zusammen. Da er nun sicher an Ort und Stelle steckte, war meine Aufgabe erledigt. Es war an der Zeit, sie damit zu ficken, sehr vorsichtig, damit sie das Vergnügen, das bei Analspielchen und beim Ficken entstand, erleben konnte. Dadurch würde sie sich danach sehnen, wenn sie bereit dafür war.

Während Connor ihren Mund fickte, drückte und zog ich an dem Stöpsel, dehnte sie weit, erlaubte dem Muskel, sich zu schließen, wieder und wieder. Ihre Augen schlossen sich und sie begann zu stöhnen. Connor zischte. „Ich werde kommen, Mädel. Nimm alles. Ja, heilige Scheiße, *ja*. Schluck es runter."

Connor lobte sie, während er seinen Höhepunkt erreichte und ich beobachtete, wie ihre Kehle arbeitete, um seinen Samen zu schlucken.

Nachdem er sich vollständig in ihrem Mund ergossen hatte, zog er sich heraus, ging vor ihr in die Hocke und wischte mit seinem Daumen einen Samentropfen aus ihrem Mundwinkel. „Bist du bereit, uns beide zu nehmen, Mädel?"

Connor sah zu mir hoch, während ich weiterhin mit ihrem Arsch spielte.

„Sie ist bereit", sagte ich. „Es gefällt ihr."

„Tut es das?" Connor strich Rebeccas Haare aus ihrem Gesicht.

Sie nickte verträumt.

„Dann ist es an der Zeit."

Ja, es war an der Zeit, unsere Frau vollständig zu erobern.

17

EBECCA

Ich erinnerte mich kaum an den Ritt nach Hause. Ich war zum Höhepunkt gekommen, als Dash mich gefickt hatte – ja, es war ficken und unglaublich gewesen – und dann hatte er mich zum Rand eines Orgasmus gebracht, indem er mit dem Stöpsel in meinem Hintern gespielt hatte. Die Erregung hatte sich noch intensiviert, als ich Connor mit meinem Mund zum Höhepunkt gebracht hatte. Ich hatte beobachtet, wie er seinen niederen Bedürfnissen nachgegeben hatte, während er begonnen hatte, seine Hüften zu bewegen und mich in den Mund zu ficken. Es war eine berauschende Erfahrung, ihn dabei zu beobachten, wie er sich mir hingab und zu wissen, dass ich diese Macht über ihn hatte. Als er seinen Samen in meinen Mund gespritzt hatte, hatte ich ihn eifrig geschluckt, wobei mich der Geschmack nur noch verzweifelter nach dem Höhepunkt hatte sehnen lassen.

Das sollte jedoch nicht geschehen, da mich die Männer durch das Haus trugen und für den Ritt zum Haus auf Connors Schoß setzten, während mich der Stöpsel nach wie vor füllte. Ich zog mich immer wieder um den Stöpsel zusammen, aber die Kombination der Empfindungen, *dort* so voll und dennoch in meiner Pussy leer zu sein, sorgte dafür, dass ich ein schmerzhaftes Verlangen nach ihren Schwänzen verspürte.

Ich *brauchte* sie.

Dash hob mich von Connors Schoß und trug mich direkt die Treppe hinauf und in sein Schlafzimmer. Ich öffnete auf dem Weg die Knöpfe meines Kleides. „Gierig?", fragte Dash.

Ich konnte nicht anders, als zu lächeln und ein wenig verlegen zu sein, aber nicht genug, um aufzuhören. „Ich trage zu viele Kleidungsstücke", gab ich zu.

Connor trat in den Raum, genau nachdem ich das sagte.

„Wir haben eine kleine Femme Fatale erschaffen", informierte Dash ihn, während er die Schnüre meines Korsetts öffnete. „Eine schwanz-hungrige Femme Fatale, die was braucht, Liebling?"

Ich hätte von seinen verdorbenen Worten schockiert sein sollen, aber das war ich nicht. „Die es braucht, dass ihre Ehemänner sie ficken."

Beide Männer warteten darauf, dass ich fortfuhr. „Zusammen, wenn ihr denkt, dass ich bereit bin." Ich hob mein Unterkleid über meinen Kopf, wodurch ich nur noch in meinen Strümpfen dastand.

Die Männer gönnten sich eine Minute, um mich nur zu betrachten, ihre Blicke wanderten über meine Brüste, Schenkel, Pussy und in diesem Moment fühlte ich mich hübsch.

„Leg deine Hände auf das Bett und zeig uns deinen

Arsch, Mädel. Dann wollen wir mal nachschauen, wie gut du diesen Stöpsel aufgenomen hast."

Ich wartete nicht. Tatsächlich drehte ich mich eifrig um und tat, worum mich Connor gebeten hatte. Ich konnte den Stöpsel in meinem Hintern spüren – er war zu groß, um ihn vergessen zu können. Er war sogar ziemlich groß und füllte mich tiefer und war auch breiter als die vorherigen Stöpsel. Die Schwänze der Männer waren groß, sehr groß und ich wusste, dass ich immer weiter gedehnt werden musste, um in der Lage zu sein, einen aufnehmen zu können, aber war dies genug? Konnte ich mit einem Schwanz zurechtkommen?

Ein Mann stand hinter mir, seine Hand streichelte über meinen Hintern und meinen Schenkel hinab. Ich konnte weder sehen, wer es war, noch konnte ich es allein an der Hand erraten. Es war allerdings nicht von Bedeutung, denn für mich waren ihre Berührungen eins. *Sie* waren meine Ehemänner und ihre Hände auf mir waren die Gleichen. Connor oder Dash sie gehörten zu mir und sie konnten mich berühren, mit mir spielen, sogar meinen Körper benutzen, wie es ihnen gefiel. Sie hatten es vor einigen Minuten in Laurels Haus getan und ich schwelgte immer noch in dem Erlebnis.

Dash stellte sich neben mich und umfasste meine Brüste. „Ich liebe deine Brüste, Liebling. So groß, so leicht erregbar."

Ich konnte ihm nicht mehr zustimmen, da ich meine Hüften bewegte, während seine Finger meine Nippel bearbeiteten. Connor zog den Stöpsel langsam aus mir und ich atmete aus, denn nun fühlte ich mich sehr leer. Er ließ mich jedoch nicht lange in diesem Zustand ausharren, sondern führte den Stöpsel wieder in mich ein, dann raus und wiederholte das Ganze wieder und wieder. Das glatte

Holz bearbeitete das zarte Gewebe gerade innerhalb meines Hinterns und meine Erregung erwachte wieder zum Leben. Es war eine andere Empfindung als ihre Finger tief in meiner Pussy zu haben oder wenn sie mich mit ihren Schwänzen fickten. In meinem Hintern war es ein intensiveres, ein reißendes, dunkles Vergnügen, das Schweiß auf meiner Haut ausbrechen ließ und mir die Luft aus den Lungen presste.

„Wie fühlst du dich, Mädel?", fragte Connor.

„Wertgeschätzt", stöhnte ich. Die Hände der Männer stoppten für einen kurzen Moment ihre Bewegungen und machten dann weiter.

„Ja, das stimmt. Du wirst wertgeschätzt", murmelte Dash.

Connor entfernte den Stöpsel wieder und warf ihn aufs Bett. Dash reichte ihm das Glas mit Gleitmittel, das auf dem Nachttisch gestanden hatte und innerhalb von Sekunden spürte ich seinen glitschigen Daumen, der mich umkreiste und dehnte. Er bewegte sich rundherum, dann tauchte er ein, zog sich zurück, als ob er mich ficken würde.

„Tut das weh, Mädel?", erkundigte sich Connor.

Da Dash an meinen Nippel zog und drehte und Connors Daumen meinen Hintern bearbeitete, waren es keine Schmerzen, die ich empfand. Ich schüttelte meinen Kopf über der Bettdecke. „Nein", keuchte ich. „Es...es fühlt sich so gut an, aber so leer."

Dash trat zurück und ich drehte meinen Kopf, um zu beobachten, wie er seine Schuhe auszog und sich dann seiner Kleidung entledigte. Beim Anblick seines Schwanzes, der aus dem Gefängnis seiner Hose sprang, lief mir das Wasser im Mund zusammen. Er war lang und dick und ich wusste, er würde heiß und steinhart sein, wenn ich ihn in meinen Mund nahm. Er legte sich neben mich aufs Bett und Connor zog seinen Daumen aus mir.

„Krabble hoch, Liebling und setzt dich rittlings auf mich", wies mich Dash an.

Das musste er mir nicht zweimal sagen. Ich stellte ein Knie auf das Bett, dann das andere und krabbelte zu ihm. Dashs Augen verfolgten die Bewegungen und das Schwingen meiner Brüste, während ich mich bewegte. Ich konnte spüren, dass die Spitzen fest und aufgerichtet waren und sie sehnten sich danach, von ihm gesaugt zu werden. Alles an mir schmerzte vor Verlangen.

Ich stemmte mich auf jeder Seite seiner Hüften auf die Knie. Dash packte die Schwanzwurzel und ich senkte mich herab, um die stumpfe Spitze an meiner feuchten Öffnung in Position zu bringen. Mit einer Hand auf meiner Hüfte, hielt er mich an Ort und Stelle. Ich blickte in seine Augen und bettelte: „Bitte, Dash. Bitte fick mich."

Seine Augen waren so dunkel und voller Lust. „Ah, Liebling. Ich habe dir doch gesagt, dass diese Worte über deine Lippen kommen würden. Du gehörst mir."

„Und mir", sagte Connor neben mir. Er hatte ebenfalls seine Kleidung ausgezogen und sein Schwanz befand sich genau auf meiner Höhe. Ich konnte die glänzende Flüssigkeit an der Spitze sehen. Er tauchte seine Finger in das Glas Gleitmittel, bevor er es zurück auf den Nachttisch stellte und dann seinen Schwanz großzügig mit der glitschigen Salbe einrieb.

„Ich habe es nicht geglaubt", gestand ich. „Ich hatte nicht geglaubt, dass es möglich wäre, so zu empfinden, nicht nur für einen, sondern für zwei Ehemänner. Ich will nicht mehr so sein, wie ich zuvor war. Du nanntest es stachlig wie ein Kaktus." Ich schüttelte meinen Kopf. „Ich will so nicht sein. Bitte", flehte ich das letzte Wort, während ich mit den

Hüften kreiste und die Spitze seines Schwanzes mit meiner Erregung bedeckte.

Dash gab meine Hüfte frei und ich glitt auf seine harte Länge, einen wundervollen Zentimeter nach dem anderen. Meine Augen weiteten sich bei dem Gefühl und ich konnte an seinem angespannten Kiefer und den geröteten Wagen erkennen, dass er spürte, wie feucht ich wegen ihm war. Es war sein Samen von dem Sex an der Wand, der das Eindringen erleichterte.

Er umfasste meinen Nacken, zog mich für einen Kuss nach unten und meine Nippel strichen über die weichen Haare auf seiner Brust. Mein Körper war weich und fügsam in seinen Armen und ich würde mich – gerne – ihrem Willen unterwerfen.

Ich spürte, wie das Bett unter Connors Gewicht einsank, spürte seine Hände auf meinen Hüften, während seine Daumen meine Pobacken auseinanderzogen, kurz bevor die dumpfe, glitschige Spitze seines Schwanzes gegen meine gedehnte Öffnung drückte. Ich hatte das enge Gefühl eines Schwanzes in meiner Pussy geliebt, als ich einen Stöpsel in meinem Hintern gehabt hatte, aber dies würde anders sein. Jetzt würde ich zwei Schwänze auf einmal in mir haben, beide Männer würden mich nehmen, mich erobern. Wir würden zusammen sein und ich war diejenige, die uns verband. Das hatte ich zwischen Laurel und ihren Ehemännern beobachtet. Auch wenn die Männer die Starken, die Dominanten in ihrer Ehe waren, war doch *sie* diejenige, die sie zusammenhielt und sie zu einer Einheit machte.

Ich hatte mich danach gesehnt, als ich sie mit ihrem frischgeborenen Baby beobachtet hatte und jetzt spürte ich es selbst. Ich hob meinen Kopf von Dashs Kuss, schaute ihn an – schaute ihn wirklich an – und sah einen Mann, der seine Frau liebte. Er fummelte nicht unter den Decken, versteckte seinen Körper und seine Gefühle nicht, *gar nichts*. Ich mochte zwar diejenige sein, die entblößt, nackt ausgezogen und dazu gebracht worden war, zum ersten Mal zu fühlen, aber er hatte mir auch alles gegeben.

Dash hielt nichts zurück – weder seinen Körper, noch seinen Geist, seine Seele. Sein Herz. Ich konnte es in seinen Augen sehen, fühlte es, als ich seinen Schwanz drückte und schmeckte es in seinem Kuss.

„Ja", hauchte ich. „Ich will das. Ich will dich Dash." Ich blickte über meine Schulter, als Connor hartnäckiger gegen meinen Hintereingang drückte. Seine dunklen Augen begegneten meinen. Ich holte tief Luft und entspannte meinen ganzen Körper und als er die letzte Barriere zwischen uns durchbrach, flüsterte ich seinen Namen. „Ich brauche euch beide."

Da knurrten die Männer tief in ihren Kehlen und fingen an, sich zu bewegen. Während Connor nach vorne stieß und mich füllte, zog sich Dash zurück. Sie bewegten sich wechselweise. Ich war so voll, dass ich aus reinem Vergnügen schrie. Ich konnte nichts anderes tun, als mich ihrer Lust zu unterwerfen, da ich wusste, sie würden mir nicht nur Vergnügen, sondern auch ihre Herzen schenken.

Und daher ließ ich alles los, gab mich ihnen hin und erlaubte ihnen, mich an den Rand eines Orgasmus zu führen und die Stellen tief in mir zu finden, die nur sie berühren konnten. Als ich in Dashs Augen blickte, stieß er in mich, während sich Connor vollständig in meinem Hintern befand. Mein Kitzler rieb an Dashs Bauch und das stürzte mich über die Klippe. Ich schrie mein Vergnügen hinaus, unfähig es zurückzuhalten, meine Haut kribbelte, meine Ohren klingelten und hinter meinen geschlossenen Augenlidern sah ich nur weiß. Ich schwebte, genoss das

Gefühl zwischen meinen Männern zu sein, gefüllt von ihnen, eins mit ihnen.

Ich spürte, wie Dash kam, sein Samen – heiß und dick – spritzte in mich, während sein Körper unter mir steif wurde. Connor wurde nicht benachteiligt, da er tief in mich stieß, sein Schwanz in mir anschwoll und er meinen Namen schrie, während er kam, mich füllte und meinen Hintern eroberte, mich markierte. Ich war verloren. Vollständig und absolut verloren. Aber als sie sich vorsichtig und langsam aus meinem Körper zurückzogen und mich auf den Rücken drehten, sodass sie beide über mir aufragten, war ich überhaupt nicht verloren. Ich war gefunden worden.

HOLEN SIE SICH IHR KOSTENLOSES BUCH!

TRAGEN SIE SICH IN MEINE E-MAIL LISTE EIN, UM ALS ERSTES VON NEUERSCHEINUNGEN, KOSTENLOSEN BÜCHERN, SONDERPREISEN UND ANDEREN ZUGABEN ZU ERFAHREN. SIE ERHALTEN EIN KOSTENLOSES BUCH FÜR IHRE ANMELDUNG! TRAGEN SIE SICH IN MEINE E-MAIL LISTE EIN, UM ALS ERSTES VON NEUERSCHEINUNGEN, KOSTENLOSEN BÜCHERN, SONDERPREISEN UND ANDEREN ZUGABEN ZU ERFAHREN. SIE ERHALTEN EIN KOSTENLOSES BUCH FÜR IHRE ANMELDUNG!

kostenlosecowboyromantik.com

ÜBER DIE AUTORIN

Vanessa Vale ist eine USA Today Bestseller Autorin von über 40 Büchern. Dazu zählen sexy Liebesromane, einschließlich ihrer bekannten historischen Liebesserie Bridgewater, und heißen zeitgenössischen Romanzen, bei denen dreiste Bad Boys, die sich nicht nur verlieben, sondern Hals über Kopf für jemanden fallen, die Hauptrollen spielen. Wenn sie nicht schreibt, genießt Vanessa den Wahnsinn zwei Jungs großzuziehen, findet heraus wie viele Mahlzeiten man mit einem Schnellkochtopf zubereiten kann und unterrichtet einen ziemlich guten Karatekurs. Auch wenn sie nicht so bewandert in Social Media ist wie ihre Kinder, so liebt sie es dennoch, mit ihren Lesern zu interagieren.

BookBub

www.vanessavaleauthor.com

HOLE DIR JETZT DEUTSCHE BÜCHER VON VANESSA VALE!

Du kannst sie bei folgenden Händlern kaufen:

Amazon.de
Apple
Weltbild
Thalia
Bücher
eBook.de
Hugendubel
Mayersche

www.ingramcontent.com/pod-product-compliance
Lightning Source LLC
La Vergne TN
LVHW011832060526
838200LV00053B/3980